전통시장 '읽어주는 책' 방송

일기와 대본 모음

이 도서의 국립중앙도서관 출판예정도서목록(CIP)은 서지정보유통지원시스템 홈페이지(http://seoji.nl.go.kr)와 국가자료종합목록 구축시스템(http://kolis-net.nl.go.kr)에서 이용하실 수 있습니다.(CIP제어번호 : CIP2020040494)

⌒ 전통시장 '읽어주는 책' 방송: 일기와 대본 모음

초판 1쇄 인쇄 / 2020년 10월 19일
초판 1쇄 발행 / 2020년 10월 26일

지은이 / 이은정
펴낸이 / 한혜경
펴낸곳 / 도서출판 異彩(이채)
주소 / 06072 서울특별시 강남구 영동대로 721, 1110호
         (청담동, 리버뷰 오피스텔)
출판등록 / 1997년 5월 12일 제16-1465호
전화 / 02)511-1891
팩스 / 02)511-1244
e-mail / yiche7@hanmail.net
ⓒ 이은정 2020

ISBN 979-11-85788-22-7 03810

전통시장 '읽어주는 책' 방송

일기와 대본 모음

이은정

이채.

2016년 겨울이었던 것 같다. 뜨거운 차를 마시는데도 입에서 김이 나왔다. 오랜만에 'IFLA 2006 서울' 멤버가 다시 뭉쳤다. IFLA*는 해마다 한 번씩 도서관 사람들에게 올림픽 같은 행사를 여는데 그 행사가 2006년엔 서울에서 열렸다. 우리는 한국에서 처음으로 열리는 그 행사에서 자부심 강한 담당자와 현직 봉사자로 만났고 10년 넘게 가끔 모여 어려운 일을 상담하는 사이가 됐다. 이날도 나는 농식품 유통 현장의 독서 지원 활동에 대해 고민을 털어놨다.

"농장에서 책읽기가 쉽지 않아요. 옥수수 따다 책 읽어보셨어요? 덥고 비올 때가 제일 힘들어요. 요즘은 지붕 있는 데서 읽는 게 소원이에요. 농산물 시장에서 한번 읽어볼까요? 누가 추천하던데. 그 박원순 서울시장이 수원 전통시장 방송에 출연한 적이 있대요. 몽골이라던가? 전통시장에서 상인들이 방송국을 만들어 운영한다던데요."

다들 갸우뚱하는 가운데 한 선생님이 싱긋 웃으며 입을

* 국제도서관협회연맹, International Federation of Library Associations and Institutions(IFLA).

열었다. "올해도 문체부랑 도협*에서 '길 위의 인문학' 하나? '시장통 인문학' 하면 되겠네. 생각이 아주 깜찍해." 지금 생각해보면 말이 고민 상담이었지, 이미 내 마음속엔 시장에서 책 읽는 방송을 하고 싶다는 생각이 솟구치고 있었고, 그래서 선언하듯 툭 던진 말이었다. 왠지 선배의 한마디 응원으로 허락받은 기분이 들었다.

모임을 마치고 몇 달 뒤 나는 책 읽는 방송을 해보겠다며 수원 전통시장인 못골시장 상인회에 연락을 했고, 시장 방송팀장과 만날 날짜를 정했다.

나는 도서관 사서다. 1998년 언론사에서 시작해 올해로 20년쯤 같은 일을 해왔다. aT 한국농수산식품유통공사엔 2014년 입사해 6년간 산하 교육원 내 농식품전문자료실을 운영했다. 2020년 2월 발령으로 지금은 서울경기지역본부

----

* 한국도서관협회를 부르는 애칭이다. 도서관 사람들끼리 흔히 사용하는 줄임말 중 하나로 보통 국립중앙도서관은 '국중', 국립어린이청소년도서관은 '어청'으로 부른다.

에서 수도권 농식품 수출 및 국내 유통 현장 일을 하고 있다.

농식품 유통 현장에서 책을 읽게 된 건 우연한 기회였다. 2016년 전후로 공공기관 내외부에서 시설을 지역사회에 개방하는 분위기가 일었는데 우리 회사도 다르지 않았다. 지역에 자료실 개방을 검토하라는 지시가 내려왔다. 하지만 보안 문제와 인력, 예산 등의 문제로 내부에서 걱정하는 목소리가 있었고, 결국 시설과 장서를 지역에 공개하지 못했다. 못내 아쉬웠던 나는 이때부터 지역사회에 책으로 봉사할 수 있는 일을 찾기 시작했다.

농식품 현장에서 책을 권하겠다고 생각하니 몇 가지 문제에 부딪혔다. 우선, 농식품 유통 관련 종사자들은 너무나 바빴다. 하루 벌어 하루를 사는 사람만 있는 것도 아닌데 유독 그랬다. 읽을 시간을 내라면서 책을 권하기 미안할 정도였다. 막연하게나마 이 분야 사람들 생활에 피해를 주지 않고 책을 권하려면 오디오북이 필요할 것 같았다. 또 다른 문제로, 내가 생각해도 농식품과 독서라는 주제가 참 어울리지 않았다. 당연하게도 농식품과 독서를 엮어 만든 활동 사례가 국내에 많지 않았고 주로 외국 사례를 참고해야 했다. 그래도 '농식품 독서 진흥'과 '지역 농식품 유통 현장 지원'을 목표로 몇 가지 기획안을 만들었다. 생각보다 어색하지 않았지만, 이번엔 회사를 설득할 일이 걱정이었다.

그러다 때마침 서울시에서 일하던 한 분이 수원의 한 전통시장에서 시장 방송국*을 운영하고 있다는 소식을 전해주셨고 참고 자료를 뒤적이다가 방송이 농식품 시장 매출 증진에 도움이 된다는 연구 결과와 사례를 찾았다. 현장 사람들에게 피해를 주지 않으면서 책을 권하는 방법으로 시장방송이 적당할 것 같았다.

방송안을 들고 처음 못골시장을 찾았을 때 시장 상인회가 특별히 반대하지 않아 다행이었다. 한 달 동안 주말 시간을

....

• 못골시장 온에어, 수원 팔달구 소재 전통시장인 못골시장은 2008년 문화관광부 문
전성시프로젝트에 참여하면서 전국 최초로 전통시장 방송을 시작했다. 당시 문화
관광부는 전국에서 몇몇 전통시장을 선정하고 시장별로 활성화 프로젝트를 진행
했는데 못골시장은 상인동아리 활동으로 프로젝트에 참여했고 상인동아리 중 하
나였던 온에어운영팀은 시장 내에 방송실을 설치했다. 못골시장 온에어는 2018년
남문시장 통합 방송국을 만드는 중요한 계기가 됐다.

반납해 대본을 쓰고 휴가를 내어 시장을 찾는 등 몇 차례 시범 방송을 녹음한 후 회사에도 출장 허락을 받았다. 그렇게 2016년부터 2019년까지 4년간 수원 못골시장과 남문시장에서 방송하며 상인들과 50권의 책을 읽었다.

전통시장의 한가운데에서 책에 관한 방송을 하며 나는 여러 가지를 얻었다. 바쁜 사람들을 도울 생각으로 시작했는데 오히려 내가 음향기기를 다루는 기술을 배웠고, 다양한 사람들이 모여 있는 상인회와 소통하는 경험을 얻었다. 무엇보다 방송을 준비하는 과정에서 500권이 넘는 책을 읽었다. 내 평생 이렇게 많은 양의 책을 겨우 몇 년 안에 읽는 경험을 또 할 수 있을까.

매회 대본을 준비하고 방송하면서 일기를 써 온 덕분에 눈으로 손으로 확인할 수 있는 것들도 남았다. 50장 정도 될까 생각하고 노트북을 열어봤는데 일기와 대본을 합쳐 A4 용지로 1,000장이 넘게 쌓여 있었다. 구구절절 좌충우돌한 이야기지만 그냥 덮어두기 아까웠다. 나처럼 뜬금없는 일에 도전할 사람이 또 있다면 어쩌면 이 일기와 대본들이 도움이 될 수도 있겠다는 생각이 들었다.

부족하지만 50회 방송을 준비하며 쓴 일기와 매회 1시간 반 분량으로 쓴 대본을 일부 골라 이 책에 담았다. 내용은 방송한 시기를 기준으로 5부로 나눴다. 1부는 방송 준비, 2부는 못골시장에서 한 책읽기 방송, 3부는 남문시장에서 시작한 방송, 4부는 시장방송과 연결된 농식품 독서 프로그램 등, 5부는 방송을 마무리한 이야기다. 책이 너무 두꺼워질 것 같아서 방송 대본은 일기와 관련된 몇 편만 실었다.

이 책은 방송 전후 사정을 모르는 사람이 읽으면 설명이 짧고 문장이 친절하지 않아서 앞뒤 내용을 이해하기 어려울 수 있다. 전체 일기 중 방송과 관련 있는 내용만 골라 실었기 때문이다. 몇 군데 각주를 달았지만 그래도 이해되지 않는 내용은 전문 작가가 아닌 보통 사람의 일기라는 점을 떠올려 너그러이 이해해 주시길 바란다.

그리고 대본에 인용한 책의 구절은 중간중간 발췌한 내용으로, 첨부한 대본은 방송 당일 수집한 시장 공지와 aT 농식품 유통 정보를 제외하고 쓴 초안이다. 시장은 상황이 급변하고 거래가 오가는 공간이라서 그날 얘기해야 할 정보는 방송 직전까지 확인하고 물어야 했다. 미리 써 두는 대본에 모두 담지 못했다.

전통시장 책읽기는 2019년 11월 방송을 마지막으로 더 하지 못했다. 2018년 5월 회사에서 노동조합을 만들었는데 2019년 겨울 1년 남짓의 노동조합 활동을 마무리하면서 다른 지역 다른 업무로 발령이 났기 때문이다.

50회 기념으로 책을 낼까 생각한 적이 있지만 회고를 내리라고는 예상하지 못했다. 방송을 시작해 마무리하기까지 도와주신 여러분께 감사드린다. 지금도 못골시장과 남문시장 상인 디제이들은 매주 방송을 하며 사람 많은 시장 만들기에 애쓰고 있을 것 같다. 비록 함께하지 못하지만 이 책으로 응원하는 마음을 전하며 전통시장 책읽기 방송이 사람들에게 즐겁게 추억되길 바란다.

끝으로 삽화를 그려주신 홍승희 선생님, 그리고 방송대본 원고에 사용을 허락해주신 들녘, 북드라망, 서해문집, 웨일북, 창비 출판사 대표님과 저작권 담당자분께 진심으로 감사드린다.

| 목차 |

3부 남문시장

4부 방송을 넘어

5부 방송 종료

1부
방송 시작

책읽기, 이번엔 시장이다

2016. 7. 4.

여러모로 책읽기는 영화 보기와 비슷하다. 쓰거나 만드는 사람이 있고 독자와 관객이 있다. 쓰거나 만드는 사람은 자신의 철학으로 작품을 만들지만 독자나 관객을 완전히 고려하지도 무시하지도 않는다. 각설하고 나는 책을 보는 만큼 영화도 많이 보는 것 같다.

최근 본 영화 중 박찬욱 감독의 〈아가씨〉가 특히 인상적이었다. 영화는 영국 소설 『핑거스미스』가 원작으로, 일제강점기 우리나라에 있었을 법한 이야기로 각색한 작품이었다. 외국에서 상을 받은 감독의 유명세인지 이 영화를 봤다는 사람이 많아 덩달아 보긴 했지만 정작 내가 자세히 본 건 내용이 아니라 극 중 아가씨의 이모부 코우즈키(조진웅 분)가 만든 서재였다.

코우즈키는 집 안에 비밀 서재를 만들고 고가의 에로틱한 서적으로 책장을 가득 채웠다. 주기적으로 돈 많은 남자 손님들을 초대해 낭독회를 열고 그 자리에서 책을 팔았다. 서재에 모인 손님들에게 책을 더 비싼 값으로 팔기 위해 아름다운 아내와 조카(아가씨, 김민희 분)를 시켜 책 내용을 실제처럼 낭독하게 했다.

영화 속 코우즈키의 서재는 코우즈키, 아니 영화를 만든 감독이 구성한 상상 놀이터였다. 이 놀이터는 책읽기만으로 즐거움을 만드는 공간이자 돈을 만들어내는 공간이었다. 카타르시스를 주는 도구로 책과 낭독자가 있고, 그들이 만들어낸 카타르시스는 큰돈으로 거래됐다. 무엇보다 서재(도서관)를 돈이 되는 공간으로 만들어버린 발칙함이 아주 마음에 들었다. 영화를 보면서 내가 정말 만들고 싶은 공간이 딱 저 서재라고 생각했다. 문제는 코우즈키가 변태라는 점인데. 덕분에 서재와 그 안에서 벌어지는 활동을 도덕적으로 설명할 수가 없었다. 전제가 망가진 명제랄까. 다시 봐도 현실에서 응용할 수 없을 것 같았다.

내가 이토록 도덕적인 인간이었다니. 물론 코우즈키처럼 비밀 서재를 만들 만한 경제력도 없다. 영화를 보고 잠깐 고민했지만 아무래도 아직은 독서만 할 공간을 만들기보다 독서할 수밖에 없는 분위기를 만드는 것이 낫겠다고 생각했다. 둘 다 쉬운 일은 아니겠지만.

얼마 전 못골시장 방송팀장님을 만나 못골시장에서 방송

을 하고 싶다고 제안을 했다. 팀장님은 방송하기가 생각만큼 간단한 건 아니라면서 천천히 준비해 보자고 하셨다. 방송 대본을 써서 보내드렸는데 아직 답이 없다. 시장에서 책 읽기 방송을 할 수 있다면 좋겠다.

2016. 7. 13.

"한 달에 한 번이 아니고 네 번씩이나요?"

방송팀장님이 한 주에 한 번은 해야 하는 것이 아니냐셔서 깜짝 놀라 되물었다. 못골시장에서 책을 읽게 해주신다니 너무 기쁜데 한 달에 네 권이나 읽어야 한다니 좀 부담스러웠다. 게다가 시장 골목 곳곳에 설치된 스피커는 송출만 되는 기계라 방송이 나오면 온 시장 사람들이 들을 수밖에 없단다. 시장과 방송을 허락한 상인회에 피해를 주지 않으려면 상인분들이 즐겁게 들을 수 있도록 내가 방송을 아주 잘해야 한다는 말이 아닌가. 순간 자신이 없어져 팀장님 말에 박수를 쳐야 하나 말아야 하나 고민했다.

팀장님 말을 곱씹으며 못골카페를 둘러보았다. 넓은 홀에 작은 테이블들이 놓여 있었고, 사람들이 짝지어 앉아 이야기를 나누거나 음악을 들었다. 메뉴판을 보니 커피 값이 아주 샀다. 카페 한 켠에 방송실이 있었는데 전면이 통유리라 방송실 안이 훤히 보였다. 딱 세 사람 앉을 자리만 놓인 작은 방이었는데, 테이블 위와 벽면에 비싸고 조작하기 어려울 것 같은 기계가 가득했다.

회사에 농식품 독서진흥 프로그램으로 전통시장에서 책 읽는 방송을 하겠다고 말을 꺼냈다가, 듣도 보도 못한 걸 왜 하냐는 질문을 들었다. 그래도 포기하지 않고 여러 번 말을 한 끝에 겨우 허락을 얻어낼 참이었다.

팀장님 얼굴과 방송실을 거듭 쳐다보다가 한 달에 두 번 정도는 할 수 있겠다고 대답했다. '한 번 나와서 두 번 녹음하면 되겠지' 하는 계산이었다. 다행히 팀장님도 시작이니 그 정도가 좋겠다고 하셨다.

책읽기, 이번엔 시장이다! 농식품 현장에서 책읽기를 계속 하려니 다시 농장에서 눈비 맞으며 주황색 확성기를 들어야 하나 걱정했는데, 시장엔 지붕이 있고 신식 방송실도 있어서 적어도 눈비 맞을 일이 없다. 그래도 막상 시작한다고 생각하니 더럭 겁이 난다. 하지만 잘해보고 싶다. 아자!

『두근두근 내 인생』

2016. 8. 16.

　못골시장에서 첫 번째 방송을 했다. 2주 전부터 책을 네 권이나 읽으며 열심히 준비했다. 대본이 필요하다고 하여 책 네 권의 초안을 각각 썼고 팀장님과 메일을 주고받으며 여러 차례 수정한 끝에 완성했다. 그러는 사이에 시장을 두 번이나 방문했다. 처음 방송이니 녹음을 해 틀어볼 요량이었다. 하지만 운명인가 녹음이 완성되지 않았는데 녹음기가 고장 나 버렸다. 방송 기계는 열에 민감해서 여름이면 자주 작동을 멈춘다고 했다. 비싼 녀석들이 까다롭기까지 했다.

　결국 첫 방송부터 생방송이다. 내 심장은 어제 저녁부터 두근 반 세근 반이었다. 방송 내내 팀장님이 옆에서 기계를 조작해주셨지만 마이크가 켜지기 직전까지 얼마나 떨렸는지 말로 표현할 수 없을 정도다. 정말 어떻게 방송을 했는지 무슨 말을 했는지 알 수 없는 한 시간이 지나고 정신을 차려 보니 방송이 끝나 있었다. 옆에서 웃고 있는 팀장님을 보는데 순간 녹초가 되어버렸다. 몇 주간 녹음했는데 정작 첫 번째 방송을 생으로 하다니, 팀장님의 의도된 강훈련이 아니었을까 의심스러웠다.

돌이켜보면 시장 첫 방송을 준비한 시간이 꽤 길었다. 몇 달 동안 회사에 방송하러 가고 싶다고 졸랐고 이것저것 자료를 찾아본 시간까지 합하면 최소한 해를 넘겼다. 누가 시킨 것도 아닌데 시장 한복판에서 책읽기 방송이라니, 새로운 도전이었다. 어설픈 처음 방송을 마치고 뿌듯한 마음이 들었지만 한편으론 방송을 배우기가 쉽지 않겠다는 생각도 들었다. 계속 잘해낼 수 있을까 두려웠다.

방송이 끝나고 집에 돌아온 지 한참인데 이제야 책과 대본이 눈에 들어왔다. 시장방송의 첫 번째 책은 김애란 작가의 『두근두근 내 인생』이었다. 몇 년 전에 영화로도 나왔는데 나는 영화로 보지 않고 소설만 읽었다. 감동적인 가족 드라마다. 이 소설을 첫 방송에서 읽겠다고 결정한 이유는 마지막 장의 내용 때문이었다. 몇 번을 다시 봐도 볼 때마다 마지막 장을 넘기면서 울게 된다.

방송을 들은 사람들도 나처럼 펑펑 울었을까? 사실 대본을 쓰면서 눈으로 읽어서 감동적인 내용이 모두 방송에서 읽기 좋은 건 아니라는 생각이 들었다. 지나던 사람이 갑자기 들어도 방송으로 읽는 책 내용이 귀에 들어와야 하는데 이야기가 이어지는 소설은 시장방송으로 읽기에 편하지 않았다. 아무래도 오늘 방송을 들은 사람들이 나처럼 울지는 않았을 것 같다.

그래도 처음이니까 방송을 끝까지 했다는 것으로 만족한다. 횟수가 지날수록 나아질 거다.

아무래도 읽지 못하는 명작

2016. 10. 3.
___

　방송을 시작한 것이 어제 같은데 벌써 3회를 준비하고 있다. 지난달 정신없던 첫 방송 후 팀장님은 시장방송에서 주의할 점을 하나둘 툭툭 던져주셨다. 자연스럽거나 전문가다운 방송을 기대하지 않아서인지 시장분들의 이렇다 할 항의는 없었단다. 그것만으로도 만족해야 한다고 하셨다. 다만 시장에선 방송으로 책을 읽는 것이 익숙하지 않으니 더 재미있는 책으로 읽었으면 좋겠고, 중간중간 나오는 음악을 더 신나는 것으로 틀었으면 좋겠다는 의견을 주셨다. 그런데 하필이면 이번 달에 읽을 책이 제목만 들어도 머리에 쥐가 날 것 같은 책들이다.

　지난 방송 후에 그 달에 읽는 두 번 방송의 주제가 이어지면 좋겠다는 생각을 했다. 10월은 '독서의 달'이고 요즘 쏟아지는 것이 추천도서목록인데 이번엔 고전을 읽어도 좋지 않을까. 연이은 방송 주제를 '추천도서목록에 꼭 있는데 아무래도 읽지 못하는 명작'으로 정했다. 주제 이름을 짓고 혼자 웃었다. 겨우 두 달째 방송을 준비하면서 제목만 들어도 하품 나올 책을 골라두고 방송 전문가처럼 이름을 붙이고 있으니 말이다.

아무튼 그래서 정한 이번 방송 책은 도스토옙스키의 『카라마조프가의 형제들』과 리처드 바크의 『갈매기의 꿈』이다.

대학 때 『카라마조프가의 형제들』을 읽으려고 시도한 적이 몇 번 있었다. 그때마다 실패했는데 이유는 너무 두꺼워서였다. 책이 너무 두꺼워서 손에 들지 못하고 내려놓거나 덮어버리기 일쑤였다. 가끔 베고 누워 낮잠을 잤던 기억이 있지만 사실 이 책은 베개로도 너무 높았다. 여러모로 쓸모없는 책이었다. 그런 책을 얼마 전 한 강연에서 보게 됐다. 강연자는 이 책을 가리켜 '텔레비전으로도 구경할 수 없는 막장 드라마'라고 설명했다. 집에 와서 책을 다시 읽었는데 정말 그랬다. 이 책을 '아주 가벼운 치정극'으로 읽어보면 어떨까?

리처드 바크의 『갈매기의 꿈』은 중학교 2학년 때 같은 반 친구가 낭독을 해 기억하는 책이다. 아마 학급 구호 액자를 정하는 회의 시간이었던 것 같다. 친구는 책을 읽으며 이 책을 떠올리게 하는 말이라며 이 문구를 추천했다. '벅찬 가슴으로.' 반에서 그 책을 읽은 사람이 많지 않았다. 모두 잠깐 침묵한 가운데 한 짓궂은 남학생이 '가슴이라니 야하다'고 야유했다. 친구는 금방 얼굴이 빨개졌고 허둥지둥 내려와 회의 내내 말을 못 했다. 난 책 내용을 알고 있었고 그 문구가 참 멋지다고 생각했지만 친구를 편들어주지 못했다.

초반부터 너무 욕심을 부리는가 싶지만 해보지 않고 말을 하면 입만 아프다. 어차피 실험적인 방송이고, 어렵게 시작한 만큼 미련을 두지 않겠다고 다짐했었다. 지난달 첫 방송을 들은 몇 분이 소설이 낯설어 귀에 들어오지 않았다고 말해주셨다. 이번 책은 읽은 사람은 많지 않아도 해마다 추천도서목록에 꼭 들어가는 책이니, 제목이나 저자명을 한 번쯤 들어보셨을 것 같다. 아, 상인분들 반응이 걱정되지만 일단 해보겠다.

2016. 10. 18.

지난달 몇몇 기관의 온라인 뉴스레터 담당자분들께 전통시장 책 방송을 소개해 달라고 부탁했었다. 몇 곳에서 소개한 소식들이 속속 메일로 도착하는 걸 보고 아침부터 기분이 흐뭇했다. 한 기관에서는 아예 메인 기사로 이번 방송을 실어주셨다. 그런데 제목이 '카라마조프가의 형들'이었다. 형~!이라니 형~! 잠시 주먹을 불끈 쥐었지만 이 정도 오타로 담당자분들을 성질나게는 할 수 없었다. 내용을 실어주신 뉴스레터 담당자분들께 그저 감사할 뿐이다.

녹음해 두고 온 방송은 잘 내보냈는지 궁금하다. 한 달에 한 번 시장을 방문하는데 방송은 두 번 송출된다. 시장을 방문한 날 생방송으로 한 회를 진행하고, 남아서 다시 한 회분을 녹음해 두는데, 방송팀장님이 두고 온 파일을 다음 방송 날짜에 송출해 주신다. 일정대로라면 오늘 『카라마조프가의 형제들』이 시장 스피커를 타고 있을 거다. 번역 책들로 대본을 써보니 우리말로 쓴 책들이 얼마나 소중한지 알겠더라. 녹음하면서 중간중간 말이 꼬여 고생했다. 다 그만두고 2회 방송 책인 『아프니까 청춘이다』를 다시 읽고 싶을 정도였다. 적어도 대본을 눈으로 읽을 때까진 괜찮았는데.

도스토옙스키 책이 재미없다는 말은 아니다. 춥디추운 시베리아 감옥에 있던 사람이 어떻게 그런 막장 드라마를 생각할 수 있었을까. 흑백사진으로 남은 그의 얼굴을 보니 문득 그의 유머가 내 상상을 한참 넘을지도 모른다는 생각이 들었다.

녹음한 방송을 시장분들이 어떻게 듣고 계시는지, 회사 사무실에서 모니터할 수 있다면 얼마나 좋을까? 메신저가 조용한 것을 보면 다음 달에도 방송실에서 쫓겨나진 않을 것 같다.

시장과 친해지자

2016. 10. 19.

───────────────────────────────

일 때문이긴 하지만 주기적으로 지역 전통시장을 찾는 건 개인적으로 즐겁고 의미 있는 일이다. 지금 회사에서 일한 지 2년이 넘었지만 사실 아직도 회사가 무슨 일을 하는지 한마디로 표현하기 어렵다. 그런데 시장에 오니 조금씩 알 것 같다. 요즘 농식품 유통과 물가는 현장을 직접 찾아가 봐야만 알 수 있다는 사실을 배우고 있다.

오늘 못골시장 상인회에서 야유회를 다녀오셨나 보다. 팀장님이 메시지로 반쯤 핀 꽃봉오리처럼 웃고 있는 시장사람들의 단체사진을 한 장 보내주셨다. 이 밤에 일하는 걸 어찌 아시고 보내주시나. 자랑인지 위로인지 모르겠지만 일단 웃는 얼굴을 보니 기분이 좋아졌다. 저기 잡곡 사장님도 보이고, 숯불김 사장님도 보이고, 떡집 사장님도 보이네. 안녕하세요?

  방송 녹음하러 왔다가 잠시 대기하러 카페에 앉았는데 한 어르신 부부가 들어오셨다. 연세가 팔십은 족히 넘어 보이는 할아버지가 카페 데스크에서 "옛날 커피 그거 돼요? 되면 연하게 두 잔 주세요"라고 주문하셨다. 장 보러 오셔서 할머니와 제대로 분위기를 즐기시는 것 같았다. 설탕 대신 소금을 넣고 계란도 있으면 하나 달라셨다. 커피 한 잔에도 디테일을 살리시는 할아버지가 멋졌다. 이런 분들을 볼 수 있는 곳이 이 시장 말고 또 있을까.

  방송실 문이 열리고 녹음을 시작했다. 시그널을 틀자마자 실수했다. 다시 녹음, 못골합창단 노래까지 틀고 다시, 처음 노래가 나가고 또다시, '다시녹음'이 수없이 계속됐다. 오늘 녹음은 언제 끝날까 한숨이 나왔다. 결과만 좋으면 된다고 생각했는데 과정이 너무 고됐다. 앞선 실수가 정말 실수인지 아니면 완벽하게 녹음하려는 내 욕심인지 모르겠다. 욕심을 줄이면 다시녹음이 줄어들까.

  이번 방송부터 모니터를 해줄 친구들을 수소문했다. 동네 멤버는 역시 농식품독서교실을 열도록 나에게 영감을 준 친구들이자 영원을 자처한 도우미들이다. 온라인으로 방송을 듣는 SNS 친구들도 모였다. 모니터 친구들에게 방송 녹음파일을 듣고 의견을 달라고 부탁했다. 방송 시간에 시장을 찾아와 현장에서 직접 들어주면 더 좋겠다는 말을 덧붙였다. 망설이지 않고 모니터링을 허락하는 친구들이 무척 감사했다. 모니터 친구들이 앞으로 무슨 말들을 할지 가슴이 두근거린다.

표현의 달인

2016. 10. 23.

　지난 3~4회에서 '아무래도 읽지 못하는 명작'을 읽고 난 후, 특히 다른 나라 말로 쓰고 우리말로 옮긴 책을 방송으로 읽을 때의 내 한계를 확인했다. 나는 책이나 글을 소리 내어 읽을 때 소위 '입에 짝짝 붙는' 문장을 좋아하는 것 같다. 그렇지 않은 문장을 읽을 때 실수가 생겼다. 녹음 파일을 들어보니 방송 중간중간 몇 초간 말을 못하거나 발음이 뭉개져서 내용을 전달하지 못한 부분이 있었다. 들으면 신나고 감동적인 방송을 하고 싶은데 녹음된 내 목소리는 실수투성이에 건조하기 짝이 없었고 무엇보다 방송이 재미있지 않았다. 일단 내 표현 능력의 한계라고 인정하며, 책의 문장 때문이라고 죄 없는 책을 탓해본다.

　생각 같아선 이번 회는 무례한* 밥 딜런 스페셜로 하고 싶다. 번역체여도 상관없다. 밥 딜런이 노벨문학상을 받았다. 노벨상이 얼마나 보수적인지 아는 사람들에겐 천지가 개벽

할 일이다. 이제 노래 가사도 문학으로 인정받는 시대가 온 거다. 변화가 사람을 벅차오르게 할 수도 있구나. 딜런 토머스**도 아니고 밥 딜런이 노벨문학상을 받다니. 번역체를 재미난 문장으로 읽지 못하는 나의 비루한 현실이 원망스럽다. 그냥 영어로 읽어볼까? 상인분들은 밥 딜런이나 내 바닥난 자존감을 몰라보시고 잘난 척한다고 돌을 던지실 거다.

And now Dylan has entered that pantheon, shoving against the bounaries of the definition of 'literature' just as he pushed past so many borders in music.

–LA Times, 2016. 10. 13.

이제 딜런은 만신전에 올랐다. 음악의 수많은 경계를 넘어섰듯이 그는 문학을 정의하는 경계도 무너뜨렸다.

–LA타임즈, 2016년 10월 13일

....

- 2016년 10월 노벨 한림원은 미국의 싱어송라이터 밥 딜런에게 노벨문학상을 수여한다고 발표했다. 이례적인 시상이라 노벨 한림원이 수상 확인을 하려 밥 딜런에게 여러 차례 연락을 시도했지만 연락이 되지 않았고 밥 딜런의 수상에 사람들의 관심이 쏠렸다. 그런 가운데 노벨 한림원 한 사람이 연락되지 않는 딜런을 답답해하며 '무례하고 건방지다'고 표현했다.
- ** 영국 시인

　지난 방송 이후 책을 보는 자세가 달라졌다. 글자가 빼곡하게 박힌 책을 손에 들면 책과 작가를 존경하는 마음이 샘솟는다고 할까. 자료실 서가에 빼곡히 꽂힌 책을 보면서 세상에 표현의 달인이 이렇게나 많았나 새삼 놀랐다.

　책을 많이 읽었다고 생각했는데 이번 책에서 '주영하'라는 작가 이름을 처음 봤다. 음식 관련 책을 냈으니 직업이 요리사일 것 같았다. 검색해보니 직업이 요리사가 아니었다. 역사학자 아니 민속학자였다. 작가와 책에 대한 흥미가 3배속으로 커졌다. 이번 책은 민속학자 주영하 교수의 『식탁 위의 한국사』다. 날라리긴 하지만 나도 대학원 전공이 서지학이라 전부터 고전 속 농식품 이야기를 집어내고 싶다는 생각을 했다. 그런데 이번 책을 읽고 음식이나 미식은 포기해야겠다고 생각했다. 딱 한 권 읽었을 뿐인데 주영하 작가 같은 학자들에게 도전장을 내밀면 백전백패할 것 같다.

　내용은 생각보다 복잡했다. 100년간 우리 식탁에 오른 메뉴를 주제로 음식과 주변 역사를 풀어 썼다. 영어보다 한자가 많이 박힌 쪽면이 마음에 들었다. 우리 전통이라고 잘못 믿고 있던 음식 문화를 지적한 내용과 전쟁 중 먹을 것이 부족해 생긴 음식 습관을 이야기한 부분이 인상적이었다.

　다음으로 고른 책도 재미있다. 댄 주래프스키의 『음식의 언어』다. '기호학자가 쓴 음식 책', 누가 마케팅 문구를 썼는지 정말 그럴듯했다. 그러고 보니 나는 기호학자를 참 좋아한다. 『장미의 이름』을 쓴 움베르토 에코도, 『반지전쟁』을 쓴 J. R. R. 톨킨도 기호학자다. 올해 2월인가 에코 선생이 운명을 달리하셨다. 이로써 내가 좋아하는 기호학자 두 분은 이제 모두 역사인물이다. 앞으로 새책목록에서 『푸코의 진자』 같은 반전 소설을 또 볼 수 있을까. 마지막 소설까지 에코 선생의 작품을 모두 본 사람이라면 선생이 낚시 글의 대가라는 사실을 알 거다. 아무튼 이 책 마케팅 문구만 봤는데 또 욕심이 났다. 작가가 교수다. 학생들을 매일 말로 가르치니 얼마나 말을 잘하는 사람일까. 제목부터 '말'이다. 작가는 이 책에서 음식의 이름과 이야기를 재미있게 풀어 썼다.

　번역본이라 부담스러웠는데 대본으로 쓰기가 생각보다 어렵지 않았다. 작가가 기호학자인 덕 같다. 학식을 가진 사람이 책을 썼다면 마냥 내용이 어려울 것 같은데 기호학자들이 책에 풀어 쓴 말은 의외로 어렵지 않다. 책에 모르는 말이 나와도 그 단어를 사전에서 대부분 찾을 수 있기 때문이다. 어떤 책은 쓰인 단어를 이해하지 못해 읽기를 포기하는데 이 책은 그에 비하면 쉬웠다. 대본을 쓰면서 책에 쓰인 말을 이해할 수 없거나 번역된 문장이 아무래도 어색할 땐 사전에서 실마리를 얻었다. 사전에서 친절한 우리말 설명이 주르륵 쏟아졌다. 유레카~!

① 못골시장 입구, ② 방송 부스

① 못골시장 통로의 방송 전광판, ② 방송 모니터(지역주민) 워크숍(2020년 1월)

『두근두근 내 인생』

2016. 8. 16.

음악 : 혜화동

멘트 안녕하세요? 저는 오늘부터 책을 읽어드리기로 한 aT 한국농수산식품유통공사 농식품유통교육원 농식품전문자료실에 근무하고 있는 이은정입니다. 저희 aT 농식품유통교육원은 농산물 유통, 식품가공, 외식업에 종사하시는 분들께 전문 교육을 제공해 드리는 공공교육기관입니다. 수원 당수동에 위치해 있고요. 지역사회 공헌 프로그램으로 농식품 유통 현장을 방문해서 책을 읽어드리는 서비스를 해드리고 있는데요. 이번엔 못골시장 온에어에서 책으로 찾아뵙게 되었습니다. 상인 그리고 고객 여러분과 함께할 수 있게 되어 큰 영광입니다. 오늘 어떤 책을 읽을지 고민하다가 최근에 제가 재미있게 읽은 책을 하나 가져왔습니다. 오늘 읽어드릴 내용은 사랑 이야기입니다.

음악 : 'love shine' / 검정치마

멘트 네, 샤이니한 러브송이네요. 오늘 처음 읽을 이 책은 남녀뿐만 아니라 우리 주변에 있을 법한 사랑 이야깁니다. 강동원, 송혜교 주연의 영화로도 제작되었고요. 김애란 작가의 첫 장편소설인 『두근두근 내 인생』(창비)입니다. 프롤로그를 먼저 읽어보겠습니다.

(책읽기)

아버지와 어머니는 열일곱에 나를 가졌다. 올해 나는 열일곱이 되었다. 내가 열여덟이 될지, 열아홉이 될지 알 수 있는 방법은 없다. 그런 건 우리가 정하는 게 아니다. 우리가 확신할 수 있는 건 시간이 많지 않다는 것뿐이다. 아이들은 무럭무럭 자란다. 그리고 나는 무럭무럭 늙는다. 누군가의 한 시간이 내겐 하루와 같고 다른 이의 한 달이 일 년쯤 된다. 이제 나는 아버지보다 늙어버렸다. −6쪽.

멘트 이 책은 2010년 여름부터 2011년 봄까지 「창작과 비평」이라는 잡지에 연재한 글을 모아 발간한 책이고요. 열일곱에 아이를 낳은 어린 부모와 조로증에 걸려 너무 빨리 늙어버린 열일곱 사춘기 아이 아름이가 그 주인공입니다. 영화를 보신 분도 계실 것 같고요. 내용이 어떨지 상상이 되십니까? 노래 듣고 가겠습니다.

음악 : '설레임' / 어쿠스틱콜라보

멘트 나를 시점으로 서술된 이 책은 담백하고 간략한 문장이 특징인데요. 그래서 좀 더 쉽게 읽히는 것 같습니다. 막내딸을 임신시킨 사위와 장인이 처음 만나는 장면이 인상적이어서 한 단락 읽어드리겠습니다.

(책읽기)

외할아버지는 처음부터 사위를 마음에 안 들어했다. 가장 큰 이유는 '머리에 피도 안 마른 놈의 새끼'가 '머리에 피도 안 마른' '진짜 새끼'를 만들어왔다는 거였다. 두 번째 이유는 가장인 주제에 생활력이 없다는 건데, 열일곱 학생에게 돈 벌 능력이 없는 건 당연한 일이었다. (……) "그래, 너는 뭘 잘하냐?" 어머니의 임신으로 말미암아 집안에 몰아닥친 온갖 울음과 실랑이의 폭풍우가 한바탕 지나간 후였다. 아버지는 무릎 꿇은 자세로 어쩔 줄 몰라하며 답했다. "아버님, 저는 태권도를 잘합니다." 외할아버지는 못마땅한 듯 끙 소리를 냈다. (……) "보여드릴까요?" 주먹을 불끈 쥔 게 누가 보면 장인을 때리려 한다고 오해할 만한 광경이었다. 외할아버지는 자기도 모르게 움찔한 뒤 태연하게 말을 이었다. "네 주먹에서는 쌀이 나오나보지?" -13~14쪽.

멘트 딱 봐도 철없는 사위와 어이없어 하는 장인의 대화 같습니다. 하지만 누가 알까요. 잘 키운 사위가 나비로 변태해 열 아들 안 부러울지도요. 노래 한 곡 듣겠습니다.

음악 : '나비' / 윤도현밴드

멘트 이 책은 사랑 이야기입니다. 처음엔 남녀의 사랑을 말하는가 하다가 주변을 카메라로 돌리듯 부모와 자녀, 어른과 아이, 이웃과 친구 사이를 이야기하죠. 부모가 되어 새로운 세상이 열린 막내딸은 자신이 낳은 아이를 안고 그제야 엄마를 돌아봅니다.

(책읽기)

그해 나는 제법 사람다운 모양새를 갖춰가고 있었다. 살이 오르고 피가 차며 인물이 살아났던 거다. 걸레처럼 구겨져 나왔던 나는 꽃처럼 피어났다. 태열이 가라앉고, 배내털이 빠지면서 예쁘고 복스러워졌다. 대부분의 아기들이 그렇듯. 그렇지 않으면 살아남을 수 없다는 듯. 아기들에겐 사랑받는 일만큼 쉬운 일이 없을 거라던 어머니의 말을 증명하듯 말이다. (……) 제 자식 안 예쁜 부모가 있으랴만, 나를 얻기까지 이런저런 포기가 많았던 부모님은 그야말로 내게 홀딱 빠져버렸다. (……) "엄마, 엄마도 큰오빠 낳고 이렇게 예뻤어?" 어머니는 강보에 싼 나를 어르며

외할머니에게 물었다. "그럼, 낳아서 세 살까진 오줌 질질 싸도록 예뻤지." "세 살? 왜 세 살이야?" "그 뒤로는 말 안 듣거든." 물론 그때 어머니는 외할머니의 말을 제대로 체감하지 못했다. 말 안 듣는다, 그게 얼마나 부모를 미치고 펄쩍 뛰게 하는지. (……) 몇 안 되는 어휘로 종알종알 대들 때는 얼마나 얄밉도록 논리적인지. (……) 많은 부모들이 자식들과 고래고래 악을 쓰며 다투는 건, 그들이 처음부터 나쁜 성격을 타고나서 그런 것이 아니란 걸 말이다. −69~70쪽.

멘트 이상하게 말 안 들을 때 아이들은 기가 막히게 논리적이고 똑똑해지는 것 같아요. 저만 그렇게 느낀 건 아니었습니다. 엄마와 딸이 부를 것 같은 노래 한 곡 듣겠습니다.

음악 : '엄마가 딸에게' / 양희은

멘트 주인공 아름이도 이제 열일곱 사춘기입니다. 세 살부터 조로증을 앓게 된 아름이는 슈퍼마켓의 아이스크림 대신 노년의 관절염이랑 더 친해지죠. 동네에서 유일하게 친구로 삼은 사람도 옆집 할아버지 장씨인데요. 이 색다른 친구들이 나이 든다는 것에 대해 대화한 대목이 있어 읽어드리겠습니다.

(책읽기)

"할아버지는 할아버지가 언제 할아버지라고 느끼세요?" "글쎄……." 장씨 할아버지가 가만 생각에 잠겼다. "그게 말이지, 예전에는 나도 오륙십 먹은 양반들이 무지 나이 많은 이들처럼 느껴졌거든? 근데 막상 내가 그 나이가 되고 보니까 그치들이 그렇게 늙은 사람들이 아니었더라고." "그래요?" "응, 이상하게 들리겠지만 나는 아직도 내가 하나도 안 늙은 거 같아." "아……." (……) "할아버지?" "왜?" "늙는 건 어떤 기분이에요?" "뭐야 이 자식아?" "저번에 작가 누나가 저한테 그렇게 묻더라고요. 그래서 뭐라고 어물어물 대꾸했는데, 제대로 대답을 못한 것 같아요." "별놈의 아가씨가 다 있구나." (……) "한마디 쏴주지 그랬냐." "뭐라고요?" "니들 눈엔 우리가 다 늙은 사람으로 보이지?" (……) "우리 눈엔 너희가 다 늙을 사람으로 보인다! 하고." "하아, 괜찮다! 진짜 그럴걸!" -208~210쪽.

멘트 할아버지와 손자처럼, 정말 친구처럼도 느껴지는 대화 같습니다. 주변에 이런 친구 있으세요? 노래 한 곡 듣겠습니다.

음악 : '친구라는 건' / 박효신, 김범수

멘트 정말 친구 사이일 것 같은 박효신과 김범수의 친구라는 건 들으셨습니다. 주변 사람들이 친절하게 대해주지만 아름이는 아직 자존감도 정체성도 찾지 못한 상황에 찾아온 죽음을 받아들여야 합니다. 그야말로 순간순간이 낯선 인생인 거죠. 이제 작가가 그린 주인공의 마지막 장면을 읽어드리려 합니다.

(책읽기)

"아빠?" "그래, 아름아." "저, 눈이 멀고 나서야 평소에 내가 아빠 얼굴 보는 걸 얼마나 좋아했는지 알았어요." 아버지가 손으로 내 머리를 만졌다. 나는 아버지의 커다란 손바닥 안에 내 이마가 폭 안기는 느낌이 좋다고 생각했다. (……) 아버지는 간호사의 만류 따위 아랑곳 않고 나를 힘껏 안았다. 그러곤 깃털처럼 가벼운 자식 앞에서 잠시 휘청댔다. 마치 세상 모든 것 중 병든 아이만큼 무거운 존재는 없다는 듯. (……) 잠시 후 내 가슴께로 펄떡이는 아버지의 심장박동이 전해졌다. '쿵……쾅……쿵……쾅……' (……) 우리는 말없이 서로의 파동 안에 머물렀다. 그 자장 끝 맨 나중에 그려지는 동심원이 토성 주위의 고리처럼 우리를 오목하게 감쌌다. 아주 오래전, 어머니의 뱃속에서 만난 그런 박자를, 누군가와 온전하게 합쳐지는 느낌을 다시는 경험할 수 없을 줄 알았는데, 그것과 비슷한 느낌을 줄 수 있는 방법 하나를 비로소 알아낸 기분이었다. 그건 누군가를 힘껏 안아 서로의 박동을 느낄 만큼 심장을 가까이 포개는 거였다. (……) "보고 싶을 거예요." —319~322쪽.

멘트 소설은 예상대로 끝이 납니다. 마지막에 심장을 포개어 서로 안아주는 것이 누군가와 합쳐지는 방법이란 아름이의 말이 기억에 남네요. 간접적으로 경험하는 슬픔이나 감동이 더위를 이겨내는 데에 도움이 된다고 합니다. 책읽기가 도움 된다는 말이겠죠. 오늘 읽어드린 김애란 작가의 『두근두근 내 인생』 재미있으셨는지 모르겠습니다. 방송 시간이 정해져 있어서 내용을 온전하게 읽어드리진 못했고요. 책 내용을 중간중간 발췌해 읽어드립니다. 오늘 재미있으셨다면 나중에 책을 다시 읽어보셔도 좋겠습니다. 남은 더위 잘 이겨내시길 바라고요. 마지막 곡은 조금 빠른 곡으로 들을까요. 지금까지 aT 농식품유통교육원 농식품전문자료실의 이은정이었습니다. 감사합니다.

음악: '사랑이 뭔데' / 서현진, 유승우

책읽기 출처 : 김애란, 『두근두근 내 인생』, 창비, 2011에서 인용.

2부
못골시장

평범한 작가

2016. 12. 1.

이번 책의 주제는 음악가다. 음악가로서 글 쓰는 사람을 쭉 찾아보니 의외로 많았다. 클래식 음악 연주자부터 대중 음악 가수까지 분야도 다양했다. 아무래도 음악이 감정을 표현하는 일이라서 그런지 음악가로서 글을 잘 쓰는 사람이 많은 것 같다.

음악가가 쓴 글에 대해 관심을 가지게 된 건 피아니스트 손열음 때문이었다. 작년인가 우연히 그녀가 쓴 책 『하노버에서 온 음악편지』를 본 적이 있다. 정독한 건 아니었고 서점 판매대에 기대어 읽은 정도였다. 작년 5월 북독일교향악단과 협연했던 콘서트 연주를 놓치고 실망했던 차에 서점에서 우연히 그녀의 책을 발견한 거였다. 연주, 개인적인 일상 등을 칼럼으로 연재하고 그 글을 모아 엮은 책이었다. 잠깐이었지만 그녀의 연주만큼 섬세하고 자잘한 기록들이라고 생각했다.

핑계 김에 그 책을 다시 보고 싶어 서점으로 달려갔다. 하

지만 책이 없었다. 겨우 작년에 발간된 책인데 서가에 한 권
도 없다니. 역시 책은 집는 순간 사야 한다고 잠시 후회했
다. 후회의 말을 중얼거리며 두리번거리는데 시인 마종기와
가수 루시드 폴이 함께 쓴 서간집 『아주 사적인, 긴 만남』이
보였다. 나이든 시인과 젊은 가수가 도대체 무슨 관계일까?
손열음의 기억을 넘을 수 있을까? 궁금했다. 그리고 보니 마
종기 시인은 의사고 루시드 폴은 가수다. 저자 모두 글을 쓰
는데, 돈벌이 직업이 따로 있다. 글쓰기를 직업으로 하기엔
부족함이 있는 걸까?

2016. 12. 4.

　머릿속으로 재미난 한 문장이 떠올라 생각을 늘이고 다시
더 긴 내용으로 만들어 단락을 만들었다. 기분이 좋아 한바
탕 웃고 나서 키보드에 손을 올렸는데 방금 그 문장들이 뭐
였는지 기억나지 않는다. 모니터 속 깜빡이는 커서를 따라
눈만 껌뻑였다. 건망증 이놈, 네 덕분에 갱년기 짜증이 몰아
친다.

　작가에게 글 쓰는 일은 꽤 자극적일 것 같다. 사람들이 오
로지 내 생각과 표현을 보기 위해 돈을 내고 책을 산다면 기
분이 어떨까? 물론 가끔 의무감이나 당혹감도 느끼겠지만

기분은 좋을 것 같다. SNS에서 본인 동영상이나 사진을 끊임없이 올리는 연예인이나 일반인들을 봤다. 나도 한때 SNS를 열심히 해봤지만 내 이야기를 들어줄 누군가가 필요할 때 동영상이나 사진을 올리게 되는 것 같다. 글을 써 책을 내는 행위가 왠지 SNS와 닮아 있다.

글쓰기와 인연이 없을 것 같은 사람들이 책을 쓰거나 블로그를 운영해 이름을 날리는 것을 자주 본다. 예전보다 작가 되기가 조금은 평범한 일이 된 듯하다. (작가님들이 뭐라 하시려나.) SNS나 온라인 미디어가 지속되는 한 이러한 작가들은 늘어날 추세다. 『아주 사적인, 긴 만남』을 읽으면서 글쓰기에 대해 좀 다른 생각을 하게 됐다. 이 책에 실린 편지들은 외로운 사람들이 무언가를 만들기 위해 쓴 연습기 같다. 편지를 주고받는 시인과 가수는 각각 먼 나라에서 지독하게 외롭고 누군가를 그리워하는 시간을 보낸다. 그리움의 시간이 끝나고 곧 가수는 멋진 가사를 써 노래를 발표했고 시인은 아름다운 시를 써냈다. 글을 쓰고 책을 내는 일은 어떤 일이나 상황을 마무리하는 단계에서나 할 수 있는 일이라고 생각했다. 그런데 이 책을 보니 편지를 쓴 두 작가에게 편지 글쓰기는 무언가를 만들기 위한 시작이었던 것 같다.

이번 방송에서 읽으려고 같이 고른 두 번째 책 『음악가들의 연애』는 음악가들의 사랑이 주제다. 이재훈, 임진모 등 음악과 관련 있는 여러 저자가 각 장을 맡아 에피소드 형식으로 썼다. 저자 중 서희태라는 이름이 눈에 익어 찾아보니, 현직 작곡가이자 지휘자로 '베토벤 바이러스'라는 드라마 주인공(강마에 역, 김명민 분)의 실제 모델이었다. 내가 본 드라마 속 주인공은 성격이 고집불통에 남과 의사소통하지 않는 독설가였는데 저자도 그런지 궁금했다. 아무튼 이 책의 저자들은 슈만, 에릭 클랩튼 등 전부터 가십으로 떠돌던 음악가들의 사랑 이야기를 집대성해놨다. 각 장의 길이가 짧아서 잘라 읽기 쉬울 것 같다. 왠지 남의 사랑 이야기에는 호기심이 생긴다. 호기심만큼 매 장이 매력적이었다.

인생이란 드라마, 방송 독립

2017. 2. 1.

새해가 된 지 한 달이 지났다. 나는 실수가 많은 인간이다. 그래서 매년 연말 송년회에서 지난해 실수들을 정리해 버리고 새롭게 시작하겠다고 다짐한다. 하지만 다음해 1월이 되면 서랍에서 계절 옷을 꺼내 입듯 버렸던 그 실수들을 반복하는 나를 발견한다. 언젠가 그 실수들이 나의 반면교사가 되길 바란다. 올해는 또 어떤 실수들을 반복하게 될까.

새해 달력은 그림과 글자일 뿐이다. 글자를 읽는 것처럼 방송 일정은 정말 어김없이 돌아온다. 이번 방송 책은 김용택 시인의 시선집 『어쩌면 별들이 너의 슬픔을 가져갈지도 몰라』와 신주진 작가의 『29인 드라마 작가를 말하다』이다. 대본 쓰는 속도가 빨라지고 있다.

김용택 시인의 책은 드라마 '도깨비' 때문에 아주 대박이 났다. 드라마에서 주인공이 읽던 시 '사랑의 물리학'이 장면과 잘 어울렸다. 베스트셀러를 잘 안 보는 데다 마케팅으로 인기몰이 하는 책을 부러 피해 다니지만, 이번 책은 사서 봤다. 시는 어렵다고 생각했는데 언제부턴가 시를 읽으면 마음이 들썩인다. 드라마 때문에 요즘은 시를 읽는 사람이 늘었다고 한다. 여러 시인들의 엑기스를 모은 이런 시선집도 좋지만, 어서 빨리 김용택 시인의 새 작품을 만나고 싶다. 그의 느긋하고 헐렁한 '추리닝' 같은 언어가 참 좋다. 욕심을 더해, 최영미 시인이나 정재찬 교수도 시집이나 시와 관련한 새 책을 빨리 내주셨으면 좋겠다.

> 질량의 크기는 부피와 비례하지 않는다 // 제비꽃같이 조그마한 그 계집애가 / 꽃잎같이 하늘거리는 그 계집애가 / 지구보다 더 큰 질량으로 나를 끌어당긴다. / 순간, 나는 / 뉴턴의 사과처럼 / 사정없이 그녀에게로 굴러 떨어졌다. / 쿵 소리를 내며, 쿵쿵 소리를 내며 // 심장이 / 하늘에서 땅까지 / 아찔한 진자운동을 계속하였다 / 첫사랑이었다.
>
> —김인육, '사랑의 물리학', 『어쩌면 별들이 너의 슬픔을 가져갈지도 몰라』, 김용택 엮음, 위즈덤하우스, 2015, 16쪽.

『29인 드라마 작가를 말하다』는 드라마가 책읽기에 '큰일'을 하는 요즘이라 자료실 서가를 뒤져 찾아낸 책이다. 김용택 시인 책과 더불어 드라마 이야기를 해볼까 한다. 언젠가 '영화는 감독이고 드라마는 작가다'란 말을 들은 적이 있다. 같은 일을 해도 무엇을 만드느냐에 따라 역할이 다른가. 책에서 말한 작가와 드라마 들이 요즘 유행하는 내용은 아니었다. 하지만 명작이란 시간을 뛰어넘으니까. 책을 읽는 동안 마치 감독판이나 속편을 보는 느낌으로 예전에 본 드라마를 떠올리게 된다.

2017. 2. 7.

오늘 방송부터 기계 조작까지 혼자 해보라는 팀장님의 허락이 떨어졌다. 이제 드디어 독립하나. 방송실에 혼자 앉아 있으니 무섭고 떨리고 외로웠다. 역사적인 날이었다. 팀장님이 옆에 있을 땐 신경 쓰지 않던 버튼과 키 들이 무서운 녀석들처럼 보였다. 방송 몇 시간 전에 도착했지만 한참을 멍한 표정으로 앞에 놓인 기계들만 보고 앉아 있었다.

'전원 버튼이 왜 이리 많냐. 휴, 저것들 잘못 누르면 바로 방송사고다.'

넋 나간 정신을 다잡고 기계를 하나하나 만지기 시작했다. 마음이 시끄러웠다. 오늘은 팀장님이 일하는 날이라 통화하기 힘들다는 것을 알았지만, 아마도 백 번은 전화를 걸었던 것 같다.'

방송을 시작하고 무슨 말을 한 건지 무슨 노래를 틀었는지 알 수 없는 한 시간을 보냈다. 독립하라서서 그런 줄은 알았는데 정말 딱 혼자 앉아서 다 할 줄은 몰랐다.

방송을 끝내고 방송실을 둘러보다 방송 전에는 있는지도 몰랐던 초보자를 위한 메모를 발견했다. 메모는 마이크 앞 데스크 중앙에 큰 글씨로 붙어 있었는데 방송 기계 조작법과 방송 중 주의할 점이 순서대로 적혀 있었다. 방송국 사람들이 대단하다는 걸 새삼 깨달았다. 방송 초보자가 겪을 오늘 같은 공황 상태를 미리 예상했나. 방송 시작 전에 메모를 읽지 못해 아쉬웠다. 먼저 읽었다면 도움이 됐을 텐데.

방송 전에 테이블에 놓여 있던 팀장님 쪽지도 다시 보게 됐다. 종이엔 방송국 사람들이 예전에 썼던 양식 같은데 작은 표가 있고 그 안에 신청곡과 사연이 적혀 있었다. 팀장님이 미리 상인 분들께 신청곡을 달라고 말해 받아 두셨나 보다. 방송을 준비하면서 어쩔 줄 몰라 난감한 상황 중에 쪽지를 보고 위로 받았다. 상인분들이 방송을 응원해 주시는 것

• 방송팀장님은 부부가 못골시장에서 떡집을 운영한다. 중간중간 쌀을 불려야 해서 부부는 새벽부터 일하는 시간을 나누거나 하루씩 번갈아 일을 한다. 따로 사람을 쓰지 않아서 일하는 중간엔 전화 받기 힘들 정도로 바쁘다. 못골시장 사람들은 대부분 비슷하다. 이날은 팀장님이 일을 하는 날이었다.

같았다.

　못골시장 방송실에 처음 온 날 같았다. 마치 도돌이표를 찍은 것처럼. 보통 악보 속 도돌이표는 전체의 최고조나 후렴구에 사용하는 강조 부호다. 방송 처음으로 돌아간 것 같은 이 기분이 도돌이표라면 내 방송의 후렴구가 벌써 온 건가. 아직 시작도 안 했는데 그럴 리가. 앞에 놓인 종이들을 보고 잠깐 옛날 생각이 났다. 책 방송을 시작할 때부터 팀장님은 방송을 어떻게 재미있게 구성할지 생각하라고 하셨다. '만담도 좋고 사연을 읽어주는 형식도 좋고. 못골시장 사람들은 어차피 방송 듣는 일에 거부감이 없고 방송에서 무엇을 해도 이해해주실 아량이 있지만, 재미없는 방송을 계속 들어야 한다면 그것도 서로 어려운 일이 아니겠냐'고. 지금 생각하니 팀장님은 방송 주제로 책이란 소재가 조금 지루하다고 생각했던 것 같은데 차마 말을 못 하셨던 것 같다. 그때 난 자신이라곤 쥐뿔도 없었지만 자신 있다고 대답했었다.

　오늘 받은 신청곡 쪽지가 빚을 지고 사인한 계약서 같다. 나도 안다. 듣는 사람과 재미를 계속 고민해야 나아지는 방송이 될 거다. 아이러니하게도 나는 방송 처음부터 책 말고 다른 재미 요소가 많아지는 게 두려웠다. 다른 것들이 재미나서 나조차도 책을 잊어버리면 어쩌나 걱정했던 것 같다. 초반부터 방송이 쉽지 않았던 것이 다행이었다. 온전히 배우는 것만으로도 장하다 생각했고 몇 달을 그 마음으로 버텼다. 그런데 이제 선택할 때가 된 거다. 하지만 역시 책을 읽으러 시장에 왔다는 사실을 저버릴 수 없다. 일단 책을 더 읽어보겠다. 어쩌면 너무 많은 생각을 하고 있는지도 모르겠다. 방송이라는 것이 하는 사람의 의지에 따라 듣는 사람을 변화시킬 수 있다고 들었다. 생각보다 한 달에 두 번 대본 쓰는 일이 고되지만 의미 있다 생각하고 즐겁게 하겠다. '인생이란 드라마' 이번 방송 주제가 다시 보인다.

전통시장 방송의 진화

2017. 3. 5.

　오늘 방송이 끝나면 며칠 밤 자고 다시 다음 방송 때 읽을 책을 골라야 한다. 일이 반복된다. 방송이 일상으로 익숙해지니 머리로 준비되지 않았는데 좀비처럼 손발부터 움직인다. 사실 책 고르기부터 보통 일은 아니다. 읽을 책은 많지만 전통시장 사람들 입맛에 맞아야 한다는 생각을 하면 손에 잡히지 않는다. 평이한(일반적이라 관심이 가지 않는다는 뜻이 아니라, 그저 상인들이 특별히 생각하지 않을 상식적인) 책이라도 방송에서 읽으려면 이미지를 확실히 만들어주는 것이 좋을 것 같다. 방송에서 읽을 책을 매번 사람들에게 미리 물어보는데 사람들은 시장에서 읽기 좋을 책이 아니라 각자 취향대로 읽고 싶은 책을 추천한다. '시장'이라는 단어가 질문에 들어가니 매우 난감하단다. 내가 그걸 왜 모르겠는가.

　아무튼 지난 방송에서 문화예술을 탐했으니 이번 달엔 다시 먹거리로 돌아가볼까. GIS*를 공부할 때였나 재난대응

시나리오를 만들던 때였나. 마크 라이너스의 『Six degrees』라는 책을 읽었다. 번역판이 나왔을까? 환경오염으로 인한 기후변화에 대한 내용으로 지구의 행성 온도가 1℃씩 높아질 때 일어날 일을 예상해 쓴 가상 시나리오다. 소설이 아닌데도 긴박하기가 스펙터클 블록버스터급이었다. 그런 책을 찾을 수 있을까? 서가를 둘러보니 박태균 기자의 『우리, 고기 좀 먹어 볼까?』가 제일 비슷했다. 겨울 내내 고기를 많이 먹었는데 정작 고기를 어떻게 먹는 게 맛있고 몸에 좋은지 잘 모르겠더라. 어떤 사람들은 고기를 아예 먹지 말아야 한다고 주장하니 좋은 점만 있을 리는 없고 잘 알고 먹으면 좋을 것 같은데. 고기를 떠올리니 갑자기 우리 먹거리가 사라진다면 어쩌나 걱정스런 마음이 생겼다. 오늘은 고기가 사라지고 내일은 쌀이 사라지고 이런 식으로 먹거리가 차근차근 없어지거나 영화 '마스'에서처럼 먹을거리가 아예 없는 공간에 뚝 떨어진다면 말이다.

2017. 3. 14.

사부 없이 하는 방송이라 안 그래도 잔뜩 긴장했는데, 지

---

* Geographic Information System, 지리정보시스템.

역 방송에서 시장방송 인터뷰를 나왔다며 갑자기 부스로 들어왔다. 방송 스케치를 하겠다고 인터뷰도 하잔다. 방송 인터뷰 당한 건 하도 오래전 일이라 차렷하고 주먹 쥐고 병정처럼 대답했다. 방송 전이라 망정이지 방송 중이었다면 대형 사고를 일으켰을 거다. 그나저나 덜덜 떨며 인터뷰했으니 통편집이 예상된다. 오늘 나온 리포터와 피디는 혼이 나겠다.

2017. 4. 8.

대본 쓰다 지루해 잠시 인터넷으로 뉴스 제목을 검색하는데 못골시장 방송과 관련된 기사가 눈에 보였다. 수원시가 남문시장* 전체에 ICT 보이는 라디오 시스템을 설치하고 방송국을 운영한다고 한다. 못골시장 방송팀은 남문시장에 방송국이 생긴다는 소식을 알까? 나는 시장에서 들은 기억이 없는데. 남문시장은 수원 행궁 주변의 못골시장 같은 상가

....
• 남문시장은 수원시 팔달구 지동과 매향동에 있는 못골·지동·영동시장 등 팔달문 권역 내 9개 전통시장을 말한다. 총면적만 163만 6,261㎡ 규모로 경기도 최대고 유네스코에 세계문화유산으로 등재된 수원 화성에 인접해 일일 평균 15,000명이 방문한다. 2016년 정부는 남문시장이 포함된 수원 화성 인근을 관광특구로 지정했고 같은 해 수원시는 9개 시장을 묶어 남문시장으로 통합하면서 글로벌 육성 계획을 발표했다.

형 시장 9개를 묶어 이름 지은 곳이다. 남문시장은 넓은 곳이라 내가 그 안에서 아는 시장이라곤 못골시장, 지동시장, 영동시장 정도고 모르는 시장이 더 많다.

잠깐 못골시장 방송을 남문시장 전체에서 들을 수 있다고 상상했다. 방송을 잘하면 더할 나위 없이 좋겠지만 방송 사고라도 나면 남문시장 사람들 목소리가 거세게 들리겠다. 생각만 해도 땀이 난다. 시스템 운영은 어떻게 할 것인가? 방송국 문 닫는 날까지 수원시가 계속 지원해줄 건가? 아마 그럴 리 없다. 못골시장에 있는 시스템도 처음엔 지원받았지만 설치 후 지금까지 운영이나 유지 보수는 상인회가 알아서 하고 있다고 들었다. 남문시장 상인회는 못골보다 훨씬 커서 걱정이 없으려나?

따로 방송국이 생기면 책 방송은 어떻게 해야 하나? 사실 기사를 보고 기뻐하는 마음보다 걱정하는 마음이 앞섰다. 하지만 일어나지도 않은 일을 두고 걱정스럽다고 말할 처지는 아니다. 책 방송 한다고 처음 나섰을 때 회사에서 들은 말들이 기억났다. 무엇이 되건 방송이 전통시장 활성화를 위한 가상한 노력이 되길 바란다. 변화가 기대된다.

사회적인 맛

2017. 5. 5.

　자료실 서가에서 책을 골라 읽다가 이 책을 시장방송에서 읽어야 할지 한참 고민했다. 내용에 제국주의적인 시각이 애매하게 섞여 있었다. 이 정도면 이 책을 우연히 읽을 자료실 이용자들도 걱정됐다. 급한 마음에 전하고 싶은 메시지를 '더보라'* 식 테이프로 써서 책 표제지 위에 붙였다. 손글씨로 쓸까 생각했지만 책에 낙서하는 건 범죄니 관리자의 도리가 아니었다. 붙인 모양이 내가 봐도 별로였는데 테이프가 잘 떼졌다.

....

* 더보라(RT, Related Term), 도서관 주제명표목(Subject Heading) 용어다. 유사 용어로 BT(Broader Term), NT(Narrower Term)가 있다. 도서관 사서가 책에 주제(검색)어를 부여할 때 관련 주제를 표시하기 위해 기록하는 용어다. 예를 들어 어떤 사서가 '라면과 어울리는 음식'이라는 제목의 책에 주제어를 기록한다고 치자. 이때 사서는 서지사항에 주제어로 '라면'을 쓰고 그 옆에 'RT 김치'라고 쓴다. 요즘은 도서관뿐만 아니라 인터넷 백과사전이나 포털사이트에서도 관련 주제를 표시하는 말로 RT를 쓴다.

이번에 읽으려고 고른 책은 황교익 작가의 『미각의 제국』
과 하야미즈 겐로의 『라멘의 사회생활』이다. 이번에야말로
농식품 유통에 대한 이야기를 할까 생각하며 책을 골랐다.

황교익 작가는 요즘 텔레비전 프로그램에서 자주 본다.
원래 농식품 전문지 기자였다는데 텔레비전에선 미식 여행
의 대표 주자처럼 전국을 돌아다닌다. 사투리를 쓰는데 말
을 매운 고추 양념처럼 잘한다. 『미각의 제국』은 작가가 비
교적 초기에 쓴 책 같다. 기자들은 소설, 에세이 가릴 것 없
이 쓰고자 욕망하는 사람들이던데 책 내용에 '본능', '욕구'
와 같은 단어를 많이 사용했다. 책 제목에서 제국이라는 단
어를 보고 제국주의적 시각에서 맛을 표현했나 생각했다.
그런데 오해였다. 작가는 오히려 제국주의가 만든 미각 기
준을 털어버리고 '고유'라는 단어를 붙일 만한 맛을 설명하
려 했다. 익숙한 맛과 음식들이 많이 등장했고 책장이 술술
넘어갔다.

『라멘의 사회생활』이 '더보라' 메모의 주인공이다. 전후
일본 사회에서 라멘이라는 음식이 생겨 유통된 사정을 설명
한 책이다. 어쩔 수 없이 전후 일본 사람들 입장에서 생각하
는 세계관이 드러났는데 일부 내용이 제국주의적 시각을 대

변하는 것처럼 보였다. 방송에서 읽을 생각이 아니라 호기심에 중간쯤 읽다 그만둘 생각으로 손에 잡았는데, 어느새 마지막 책장을 넘기고 있었다. 라멘이 원래 중국 음식이고 어떻게 가공해서 식품으로 만들었는지 등등 내용이 많은데 특히 라멘을 홍보한 방법이 재미있었다. 전후 일본 정치인들은 지방을 개발하면서 지지도를 높였는데 정치 홍보와 맞물려 지역 관광산업이 발전했단다. 이때 지역색을 담은 라멘이 등장했는데 라멘을 특상품으로 개발한 지역은 정작 관광지가 아니었다. 관광지로 가기 위해 버스를 타고 이동할 때 중간에 쉬어 가기 위해 들르는 정차지로 관광지 옆 이름 없는 동네들이었다. 책을 읽다가 '정치홍보, 관광산업, 정차지'라는 말에 눈이 번쩍 뜨였다. 남문시장과 딱 맞는 키워드였다. 전통시장 매출이 떨어져 한숨 쉬는 시장이 늘고 있다는 기사를 오늘도 봤는데 왠지 이 내용을 방송에서 읽으면 상인분들이 좋아할 것 같다.

2017. 5. 9.

　매달 방송에 제목처럼 이름을 달고 있다. 그런데 이번 달 방송은 '지극히 개인적인 음식의 사회성'이다. 제목 만들기가 참 어려웠다. 내용이 중하지 제목이 뭣이라고. 방송 100

회를 넘기면 돌림노래처럼 읽을 책 주제도 되돌려볼까? 방송 100회라니. 상상만 해도 신난다.

생방송하는 오늘은 우리나라 대통령을 정하는 날이다. 나는 방송을 하려고 미리 사전투표를 하고 왔다. 물론 내가 뽑은 후보가 대통령이 되면 좋겠지만 어느 후보가 되든 나는 사람들이 모두 모여 나라의 대표를 뽑는 방식이 맘에 든다. 게다가 오늘이 임시공휴일로 지정되는 바람에 주말에 이어 연휴가 됐다. 이것도 참 맘에 든다. 명절도 아닌데 시장에 사람이 많았다. 오늘은 아무래도 황교익 작가 책이 시장 고객에게 더 익숙한 내용일 것 같았다.

'투표하고 오셨죠? 장 보시면서 방송 듣고 가세요! 투표 아직 안 하셨다면 잊지 말고 주민센터 들렀다 가세요!' 오늘 방송 첫 멘트였다. 쉬는 날이라 기분도 좋겠다, 방송 중간중간 반복해서 선거 참여를 안내했다. 다들 투표하셨을까? 사실 방송보다 사람들이 선거에 많이 참여했는지가 더 궁금하다. 오늘 읽은 책의 주제가 음식의 사회성이었는데 읽은 책이 아니라도 사회적인 방송이었던 것 같다.

책 방송, 텔레비전 뉴스에 나오다

2017. 8. 9.

어제 방송을 하다가 창 밖에 방송용 카메라와 만두렌즈°가 세팅되는 것을 봤다. 그땐 방송을 하느라 정신이 없었고, 순식간에 다시 철수해 가서 카메라로 무엇을 하는지 관심을 두지 않았다. 그런데 그 촬영팀이 KBS 뉴스팀이었나 보다. 어제와 오늘, 내 얼굴이 KBS 1TV 채널 뉴스°°로 돌고 돌아 나왔단다.

'갑자기 텔레비전 뉴스에 얼굴이 나와서 범죄자 된 줄 알고 놀랐다', '시장에서 책 읽는 거냐. 별걸 다 한다' 등등 사람들이 메시지를 보내오는데 답은 하지 않고 뉴스를 다시보기 했다. 사실 뉴스 내용은 전통시장에 활력을 더하기 위해 시장방송을 하는 상인 디제이들의 노력이었다. 못골시장 방

° 캐논에서 제작한 조리개 값이 낮은 (준)망원렌즈로 실내외 인물사진 찍기에 좋다. 애기만두, 만두, 오이만두 등 버전이 다양하다.
°° "상인이 디제이…라디오로 활력 찾은 전통시장", KBS, 2017. 8. 8.

송은 매주 월요일과 목요일에 춘우 디제이, 올리버 디제이 (방송팀장님)가, 또 격주 화요일엔 내가 하고 있다. 하필이면 KBS가 취재하던 날 내가 방송을 하고 있었고 내 방송이 몽골시장 상인 디제이 대표인 방송팀장님이 인터뷰하는 배경으로 나온 것이었다.

전후 사정을 알 리 없는 사람들이 놀랐다며 종일 연락을 해왔다. 도서관 일로 자주 보는 사람들부터 언제 마지막으로 봤는지 알 수 없는 친구들까지 인사를 했다. 시장에서 보면 나중에 막걸리나 한잔 하자기에 오시면 대접하겠다고 했다. 별걸 다 한다는 사람들 말에 왠지 으쓱한 마음이 들었지만 내 것이 아닌 칭찬이었다. 그저 오랜만에 연락하게 된 사람들에 감사할 뿐.

명절에도 방송을 미루면 안 된다

2017. 8. 30.

방송을 한 주만 미루자고 말했다가 팀장님한테 혼났다. 명절 대목이라 시장 상인들이 예민한데 약속한 방송 일정까지 미루면 어쩌냐는 말이었다. 사실 혼난 건 아니고 질문을 받았을 뿐인데 '방송 그만하고 싶냐'는 말이 귀에서 메아리쳤다.

사실 곧 추석 명절이다. 명절은 시장 사람들도, 주부인 나도 매우 부담스러운 기간이다. 명절 대목 몇 주 동안 상인들은 매일 아침 일찍부터 저녁 늦게까지 일한다. 나도 명절을 앞에 두니 막상 친척집들을 방문해 인사할 준비를 시작한 것도 아닌데 생각만도 부담스러웠다. 시장 사람들은 일이라도 하지 나는 명절 음식을 잘하지도 못해서 친척들 사이에서 그저 말을 잘 들어주는 사람 역할이라 손에 물을 묻히는 것도 아닌데 왜 그럴까.

매번 정해진 시간을 지켰고 이번만 방송을 한 주쯤 미루면 어떠냐고 생각했다. 하지만 팀장님 말을 듣고 다시 생각했다. 미루는 마음이 쌓이면 곧 방송도 하기 싫어지겠지. 어쩌면 방송이 하는 사람보다 듣는 사람에게 더 부담스러운 일일지도 모르겠다는 생각도 들었다. 게으른 마음이 제일 무섭다. 이번 방송 아니 명절은 팀장님 말처럼 잘 버텨봐야겠다.

『우리가 사랑한 비린내』

2017. 9. 1.

아침에 하던 일을 잠시 덮었다. 방송에서 뭘 읽어야 하나 고민이 됐다. 이번엔 명절 특집으로 생선에 대한 이야기를 읽을까? 어떻게 자라는지, 어떻게 먹거리로 잡히는지, 시장에 어떻게 들어오는지, 수산물을 어떻게 손질하는지, 어떤 레시피로 요리해야 맛있는지, 우리 몸에 어떻게 좋은지 등.

수산물을 좋아하는 식구들 덕에 생선을 식탁에 자주 올리면서도 그에 관한 책은 읽지 않았던 것 같다. 담당 부처가 달라선지 회사에서도 수산물에 대한 일이 별로 없다. 그리고 수산물로 만든 음식을 모든 사람이 좋아하는 것 같지 않다. 오히려 특유의 비린내와 미끄러운 촉감을 떠올리며 싫어하는 사람도 많이 봤다. 다 좋아하는 음식이 아닌데 방송에서 읽을 수 있을까? 문득 입으로 들어가는 건 싫어도 듣는 건 좋을지도 모른다는 생각이 들었다. 하긴 모든 사람이 좋아하는 주제만 읽자면 아무것도 읽을 수 없을 거다. 적당한 책을 찾은 것도 아닌데 벌써부터 생각만 법석이다.

대박 책을 발견했다. 저자 이름을 왜 한 번도 못 들어봤을까? 주제도 물고기라 비슷한 책이 많지 않은데 말이다.

이번 방송에서 읽으려고 고른 책은 두 권으로 조너선 밸컴의 『물고기는 알고 있다』와 황선도의 『우리가 사랑한 비린내』이다. 이 책들의 저자는 모두 물고기 박사다. 어류에 대해 일반적으로 알려지지 않은 사실과 생물 행동을 연구한단다. 애칭으로 부르는 박사가 아니라 정말 학위를 가진 사람들이라 작정하고 어려운 말로 쓴다면 절대로 이해할 수 없는 책이 됐을 것 같다. 하지만 두 물고기 박사는 그런 책을 쓰려 하지 않은 것 같다. 이 책들은 정말 쉽고 재미있었다.

책을 읽고 특히 황선도 박사가 궁금해 사무실에서 소장 자료를 저자 이름으로 검색해봤다. 이런 세상에. 우리 자료실에는 이미 2013년에 출판된 『멸치 머리엔 블랙박스가 있다』가 있었다. 이 책을 왜 이제야 발견한 걸까? 방송할 책을 찾으려고 자료실 서가를 여러 번 뒤졌었다. 물론 자료실에서 종일 일한다고 소장 자료를 다 읽을 수는 없지만 내 노력이 아직 부족하다는 생각을 떨칠 수가 없다.

책 내용 중 제주 모슬포항의 삼치 경매 방식이 기억에 남았다. 성질 급해 잡히면 금방 죽어버리는 삼치의 선도를 유지하기 위해 삼치 경매인들은 항구에 배가 들어오기도 전에 모여 서면경매를 하고, 낙찰받은 사람은 그날 들어온 삼치 전량을 가져간단다. 우리 집 밥상에 고등어만큼이나 자주 오르는 생선이 삼치인데.

『우리가 사랑한 비린내』가 재미난 이유는 이야기 소재가 우리가 자주 먹고 시장에서 자주 거래되는 식재료라는 데에 있었다. 사람들은 시장에서 책 내용을 들으면서 생선가게를 들러 꼬막, 방어, 삼치 등의 신선한 생물을 직접 볼 수 있다. 잠깐 방송을 들으며 꼬막을 파는 생선가게 사장님을 상상했다. 시장에서 방송할 책으로 딱이었다. 게다가 생물학자가 웬 글을 이리 잘 쓰는지. 우리말로 잘 풀어 쓴 책이니 골라 쓰기만으로도 내용을 전달할 수 있을 것 같다.

2017. 9. 5.

큰일 났다. 오늘 방송 주제가 '물고기'인데 하필이면 아침부터 비가 왔다. 예보에 비가 온다는 말이 없었는데 비가 오다니. 방송실에 들어가자마자 선곡부터 바꿨다. 대본에 날씨를 표현한 문구가 있는지 확인하고 '전기배선 등' 비가 오면 시장 상점들이 주의할 점 등을 공지로 추가해 써넣었다. 역시 대본에 날씨에 관한 내용이나 노래를 넣으면 곤란해지기 쉽다. 그나저나 비가 오면 생선회도 먹지 않는다던데, 속설을 믿는 상인이나 고객 들이 방송을 못마땅해하시면 어쩌나 걱정이 됐다. 방송이 끝날 때까지 생선가게들이 문을 닫지 않기를 바랄 뿐이었다.

안전하게 읽을 책도 바꿨다. 원래는 생방송에서 황선도 박사 책을 먼저 읽고 밸컴 박사 책은 녹음해 다음 방송으로 내보내려 했다. 그런데 오늘은 먹는 물고기 이야기가 맞지 않을 것 같았다. 동물로서 물고기의 생태를 서술한 밸컴 박사의 책 『물고기는 알고 있다』를 생방송에서 읽기로 바꿨다. 황선도 박사 책에 고등어 이야기가 있어서 요즘 미세먼지 문제로 나도는 고등어 관련 유언비어들을 생방송으로 꼬집어 말하려 했는데 좀 아쉬웠다.

다행히 음향 기계는 상태가 좋았다. 하지만 역시 비오는 날씨 때문에 시장에 사람이 줄어 시장 골목이나 못골카페 안은 차분하게 방송에 집중하는 분위기가 됐다. 책 읽는 느낌도 완전히 달라졌는데 방송을 하면서 카페 분위기를 흘긋거리느라 두 단락을 읽고 나니 기진맥진한 기분이 됐다.

방송할 때 시장 통로에 사람이 꽉 차 있으면 방송실을 나가서 모니터링하기가 편하다. 사람에 묻혀 내가 밖으로 나가도 상인분들이 내 얼굴을 알아보지 못하기 때문이다. 보통 첫 번째 노래를 내보내고는 나가서 시장 스피커로 소리가 어떻게 나오는지 한참 듣고 돌아오곤 했다. 그런데 오늘은 비가 와서 시장 통로를 다니는 고객이 반으로 줄어들었다. 안 그래도 상인분들 기분이 좋지 않을 것 같은데 나까지 돌아다니면 그 속을 휘젓는 셈이 아닐까. 왠지 마음이 불편했다. 나가서 들어보지 못하니 소리가 잘 나가는지 사람들이 듣고 있는지 궁금했다.

> 가자미 치어들은 평소 양쪽 얼굴에 눈을 하나씩 달고 다른 물고기들과 마찬가지 방식으로 평범하게 헤엄을 친다. 그러나 성어기가 다가오면 괴상하게 변신한다. 한쪽 얼굴에 있는 눈이 반대쪽 얼굴로 이동하는 것이다. (……) 슬로모션으로 실시하는 안면재건술이나 다를 바 없다. (……) 두 눈은 약간 돌출해 있으며 마치 거만한 이웃들처럼 각각 독립적으로 회전한다. (……) 깊이와 거리 감각이 세련된 가자미는 매복 및 습격의 타이밍을 정확히 판단하는데 이게 다 뛰어난 양안시 능력 덕분이다.
> —조너선 밸컴, 『물고기는 알고 있다』, 에이도스, 2017, 40~41쪽.

방송을 마치고 못골카페를 나오는데 왠일인지 한 생선가

게 앞이 손님들로 바글바글했다. 무슨 일인지 알려면 사람들을 헤치고 들어가야 할 정도였다. 옆에 서 있던 아주머니께 물으니 오늘 생선가게 앞에 사람이 많은 건 사장님이 가자미 가격을 대폭 할인했기 때문이란다. 보통 한 바구니로 담은 가자미를 7천원에서 1만원에 파는데 오늘만 특별히 7마리 한 바구니를 5천원에 판다고 선언하셨단다. 평소보다 한참 낮춘 가격이었다. 왜 하필 가자미였을까. 방송을 들으셨을까? 아니라도 상관없지만.

아침엔 비오는 하늘을 보고 오늘 방송은 정해진 시간을 채우기만 해도 다행이라고 생각했다. 방송도 끝까지 했고 생선가게도 문을 닫지 않았으니 오늘은 정말 성공한 셈이다. 시장을 나오며 생선가게 사장님과 그 앞에 몰려든 고객들이 오늘 내내 즐거우시길 진심으로 빌었다.

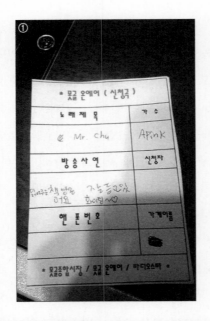

① 못골시장 상인 신청곡, ② KBS 뉴스에 나온 방송 장면

① 못골카페 안, 박현우 선생과 김찬미 방송팀장, ② 못골시장 방송 음향기기

『우리가 사랑한 비린내』

2017. 9. 19.

멘트 안녕하세요. 한국농수산식품유통공사 농식품전문자료
실 이은정입니다. 오늘 방송실 와보니 기계가 반짝반짝
합니다. 상인회에서 방송 잘하라고 기계를 잘 손봐주셨
어요. 감사합니다. 덕분에 오랜만에 뵙는데요. 잘 계셨
죠? 기억하실지 모르겠어요. 지난 시간에 조너선 밸컴
의 『물고기는 알고 있다』 읽어드렸는데요. 가자미 눈이
어떻게 자리 잡는지 등등요. 신기했죠. 그 내용에 이어
물고기 아니 생선에 대한 책을 한 권 더 가져왔습니다.
먼저 노래 한 곡 들을게요.

음악 : '너를 좋아하니까' / 뷰티핸섬

멘트 지난번엔 물고기의 생태에 대한 이야기를 들려드렸는
데요. 오늘은 물고기를 연구하는 해양생물학자가 쓴 맛
있는 해양생물에 대한 책을 들고 왔습니다. 30년차 토
종 어류학자인 황선도 박사가 쓴 『우리가 사랑한 비린
내』(서해문집)예요. 서문 읽어드릴게요.

해양생물로서 조사되고 연구된 것 역시 최근의 일이다. 주식도 아니고, 바닷가나 강변이 아니면 쉽게 발견되는 것도 아니니 주목을 받지도 못한 게 사실이다. 그러다 보니 우리가 상식으로 알고 있는 해산물에 대한 정보는 검증되지도 않았고, 왜곡된 것이 많다. 얼마 전, 미세먼지가 문제가 되자 환경부는 엉뚱하게 고등어구이가 주범이라는 웃지 못할 발표를 했다. 미세먼지 발생의 원흉을 고등어에게 돌린 것이다. 이로 인해 생선구이 식당들은 타격을 입었고, 고등어 가격 역시 폭락해 어업인들도 울상을 지었다. 사실 고등어를 비롯한 생선구이는 폐쇄된 실내 공기의 질을 떨어뜨릴 뿐 문제가 되고 있는 대기 중 미세먼지의 직접 원인은 아니다. 중국 베이징에 가면 길거리 꼬치구이에 술 한 잔 마시며 하루의 고단함을 달래는 서민들의 모습을 쉽게 찾아볼 수 있다. 이런 꼬치구이가 2013년 중국에서 악명 높은 대기오염의 주범으로 지적되어 '공기정화계획'에 포함된 건데, 베이징 시민은 물론 그걸 바라보는 외국인조차 고개를 갸우뚱거린 일을 우리나라가 그대로 반복한 셈이다. (……) 고등어가 말을 할 줄 몰라 망정이지 사람 말을 할 줄 알았다면 나 억울하다며 땅을 치고도 남을 일이다. (……) 사실 물고기는 아무 죄가 없다. (……) 물고기가 사는 서식지를 파괴하고, 수산물 유통과정에서 장난을

치는 주범 역시 바로 우리 인간 아니던가. 이제 해산물에 씌운 누명을 벗겨 줄 때다. (……) 이번 책《우리가 사랑한 비린내》는 바닷물고기부터 패류까지 해산물의 유래와 생태는 물론 바다 생태계의 역동성과 그 앞에서 마주한 누군가의 생활과 추억까지 우리 삶과 깊숙이 연결된 다채로운 이야기를 담아 보고자 했다. 맛은 알아도 정체는 묘연했던 해산물의 비밀이 한 꺼풀 벗겨지기를 바란다. −7~9쪽.

멘트 미세먼지의 주범이 고등어란 이야기는 저도 듣고 막 웃었던 기억이 있습니다. 작가가 고등어의 억울함을 풀고 싶었나 봅니다. 노래 한 곡 듣겠습니다.

음악 : '낡은 배낭을 메고' / 노리플라이

멘트 지금 방송은 한국농수산식품유통공사 농식품전문자료실 이은정이 진행하는 읽어주는 책입니다. 오늘은 황선도의 『우리가 사랑한 비린내』를 읽고 있습니다. 요즘 날씨가 가을이네요. 가을엔 조개찜이나 구이가 생각나는데요. 굴 이야기가 있어서 읽어드릴게요. 이제 슬슬 제철이죠.

《책읽기》

선사시대 패총은 조개껍데기가 가장 많이 출토되어 붙여진 이름이다. 조개는 움직임이 크지 않아 특별한 어획 기술 없이도 손쉽게 따거나 캘 수가 있어 아주 옛날부터 먹거리로 이용되었다는 증거다. (……) 실제 조가비는 그 화려함과 견고성 때문에 기원전 3,000년경부터 돈으로 쓰였으며, 오늘날 돈과 관련된 한자에 '조개 패貝' 자가 들어가는 계기가 되었다고 한다. (……) 고려시대 가요 〈청산별곡〉 2절에는 (……) "나마자기 구조개랑 먹고 바라래 살어리랏다"라는 구절이 있다. 여기에 나오는 '바라래'는 '바다에', '나마자기'는 '해조류', '구조개'는 '굴과 조개'를 일컫는 말로 추정된다. (……) 굴 등의 패류가 우리네 식생활에 애용되었다는 것을 미루어 짐작할 수 있다. (……) 바다의 우유로 불리는 완전식품, 그리고 사랑의 묘약이라고 일컬어지는 굴은 겨울이 제철이다. 이처럼 어패류에는 제철이 있는데, 맛이 좋은 시기를 말한다. (……) 대부분 지방 함량이 증가되는 산란 전에 가장 좋아진다. (……) 우리나라는 옛날부터 "굴은 보리가 패면 먹어서는 안 된다"고 했고, 일본에서는 "벚꽃이 지면 굴을 먹지 말라"고 했다. (……) 굴의 산란기는 7~8월 여름철이다. 이때는 생식소를 성숙시키기 위해 영양분의 대부분을 소비하여 살도 빠지고, (……) 맛이 떨어질 뿐만 아니라, (……) 독소가 나오니 먹지 말라는 경고다. −99∼102쪽.

굴은 둥근 모양에서부터 가늘고 긴 모양에 이르기까지 형태가 일정하지 않다. 암수가 한 몸인 자웅동체이며, 알을 내는 난생이다. (……) 물속에서 수정되고 알에서 깬 유생은 2주 정도 부유 생활을 하다가 바다 밑 바위나 돌에 착생한다. 만 1년이 되면 성숙하여 어미가 된다. (……) 굴은 주로 겨울철 생산 시기에 각종 제품으로 만들어진다. (……) 나는 굴을 이용한 요리로 생굴을 으뜸으로 치지만, 굴을 넣은 따끈한 돌솥밥도 별미다. 또한 충청도 사람으로 어릴 적부터 길들여진 입맛으로 충남 서산의 어리굴젓을 꼽을 수 있다. '어리'는 '덜된, 모자란'이라는 뜻의 '얼'에서 나온 말이다. 짜지 않게 간하는 것을 '얼간'이라고 하며, 얼간으로 담근 젓을 '어리젓', 그렇게 담근 김치를 '얼간이김치'라고 한다. (……) 같은 어리굴젓이라도 서산 간월도 것을 제일로 친다. (……) 간월도 석화는 다른 지방의 굴에 비해 빛깔이 거무스름하고 알이 작으나, 양념이 속살까지 배어 젓갈 맛이 깊게 든다. (……) 굴 하면 떠오르는 도시로 여수도 있다. (……) 여천시 소호동에 화양굴 구이집이 있었다. (……) '굴구이'라고는 하지만, 엄밀히 말하면 자체 제작했다는 직사각형의 찜기에 통굴과 물을 넣고 프로판가스로 쪄서 즉석에서 목장갑을 끼고 굴칼로 까먹는 것이었다. 다 먹고 나면 굴을 넣어 끓인 죽을 내

주는데, 이 또한 일품이었다. −106~110쪽.

멘트 겨울 석화 너무 맛있죠. 레몬즙을 뿌려 먹으면 더 맛있더라고요. 미역국이나 밥에 넣어 먹어도 맛있고요. 겨울이 기대됩니다. 노래 한 곡 듣겠습니다.

음악 : '비밀의 화원' / 이상은

멘트 지금 방송은 한국농수산식품유통공사 농식품전문자료실 이은정이 진행하는 '읽어주는 책'입니다. 오늘은 황선도의 『우리가 사랑한 비린내』를 읽고 있습니다. 못골시장 상인 그리고 고객 여러분은 '억울한 도루묵'이란 말을 들어보신 적이 있으세요? 이제 제철이 돌아오네요. 도루묵 이야기 좀 읽어드릴게요.

(책읽기)

어떤 일을 죽을힘을 다해 했다가 한순간의 실수 따위로 허사가 되었을 때, "에이, 말짱 도루묵 됐네……"라고 말하곤 한다. (……) 일반적으로 알려진 유래를 옮기면 다음과 같다. 임진왜란이 일어나자 선조가 북쪽으로 피난길을 떠났다. 배가 고팠던 선조는 수라상에 오른 생선을 맛있게 먹은 후 그 이름을 물었다. 임금은 '묵'이라는 생선 이름을 듣고, 맛있는 생선에 어울리는 이름이 아니라며 즉석에서 은어銀魚라는 이름을 하사했다. 전쟁이 끝난 뒤 환궁한 선조가 피난지에서 맛본 은어가 생각나 다시 먹어 보았는데 옛날 그 맛이 아니었다. 형편없는 맛에 실망한 임금이 역정을 내면서 "도로 묵이라고 불러라"라고 해서 도루묵이라는 이름이 생겼다. 과학자는 항상 의심의 눈초리로 봐야 한다. 도루묵은 주로 강원도와 함경도, 경상북도의 동해 북쪽 바다에서 잡히는 바닷물고기다. 그런데 선조는 도루묵을 먹을 수 있는 곳으로 피난을 간 적이 없다. 한양을 떠나 임진강을 건너 평양을 거쳐 의주로 갔으니, 실제 피난길에서 도루묵을 먹었을 가능성은 거의 없다. 난리 통에 생물을 동해에서 잡아 진상했을 가능성도 크지 않다. 그러니 그 주인공이 선조는 아니라는 결론이다. 그렇다면 동해안 쪽으로 피난 가서 도루묵을 맛본 임금은 과연 누구일까? 조선시대 인물인 허균이 《도문대작》에서 도루묵이라는 이름의 유래에 관련해서 이전 왕조의 임금을 거론했으니, 그 주인공이 고려 때의 어느 왕일 것이라는 추측이 있다. (……) 그렇다면 도루묵과 관련하여 선조 임금이 왜 누명을 썼는지 궁금해진다. 굳이 짐작하자면, 전란을 대비하지 못하고 종묘사직과 백성을 버리고 피신한 왕에 대한 백성들의 원망이 도루묵 이야기와 연결된 것이 아닐까 싶다. −135~138쪽.

이름의 유래 때문에 도루묵은 으레 맛없다고 생각하지만, 《조선

왕조실록》에는 도루묵이 강원도와 함경도의 동해안에서 잡히는 생선으로 조정에 공물로 바치는 지역 특산물이라고 기록되어 있다. 사실 맛이 있다는 이야기다. 도루묵은 주로 구이나 찌개로 조리된다. 산란을 준비하는 초겨울에는 살이 오르고 기름지지만, 그렇다고 비리지 않고 담백하다. (……) 특히 산란을 앞두고 알이 가득 찬 암컷은 그 맛을 최고로 친다. (……) 20여 년 전, 초임 발령으로 동해수산연구소에서 새벽같이 어망을 걷으러 갈 때였다. 배를 기다리는 동안 추운 바닷가에 화톳불을 피워 놓고 생도루묵 위에 막소금을 뿌려 가며 구워 먹던 추억이 아련하다.

－145쪽.

멘트 저도 아이랑 도루묵 먹으면서 선조 이야기를 들려줬었는데요. 사실이 아니었네요. 억울한 도루묵이 아니라 '억울한 선조'였어요. 노래 한 곡 듣겠습니다.

음악 : 'lovefool' / cardigans

멘트 지금 방송은 한국농수산식품유통공사 농식품전문자료실 이은정이 진행하는 '읽어주는 책'입니다. 오늘은 황선도의 『우리가 사랑한 비린내』를 읽고 있습니다. 이 책을 지은 황선도 박사는 수자원공사 생태복원실장으로 일하고 있는데요. 자칭 물고기 사주를 보는 '물고기 박사'라고 해요. 멸치와 고등어 귓속에 있는 이석의 비밀을 풀어낸 사람으로 유명합니다. 물고기 이석을 쪼갠 단면을 보면 그 물고기의 나이며 태어난 날짜를 알 수 있다고 해요. 전에 쓴 책 제목이 『멸치 머리엔 블랙박스가 있다』예요 재미난 분이죠. 오늘 읽은 이 책은 작가가 일을 하러 전국을 다니면서 즐겨 먹던 수산물에 대해 한번쯤 정리해보고 싶어 낸 책이라고 합니다.

(책읽기)

제주에서 여름에 물회를 찾으면 자리돔Chromis notata(자리돔과)을 썰어 만든 자리물회를 추천한다. 제주도 사람들은 자리돔 잡는 것을 '자리 뜬다'라고 하는데, 제주 고유의 뗏목 '테우'라는 전통 배를 타고 그물을 던져 떠내는 방식으로 고기를 잡아 왔기 때문이다. 자리돔은 돌돔, 감성돔, 참돔 등 '돔' 자 항렬을 쓰는 사촌 중 몸집이 가장 작다. 이 몸집 작은 물고기로 만든 요리 중 가장 대표적인 것이 자리돔물회다. 자리돔을 뼈째 썰어 갖은 양념을 넣어 무친 다음 물을 부어 먹는데, 제주를 대표하는 여름철 냉국이다. 원래는 먹을 것이 마땅치 않은 여름 어로 현장에서 먹던 구황식이었지만, 지금은 제주의 별미로 손꼽히는 향토음식이다. 유채꽃이 피는 봄부터 뼈가 여물지 않아 뼈째 썰기 좋은 자리를 잡아 요리해 먹는다. 담백하고 기름기가 적어 소화가 잘 되므로 와병 후 회복기 환자에게 좋고, 열량이 낮아 비만인 사람에게도 적합하다. 푹푹 찌는 여름, 협재해수욕장 앞 비양도 어촌 계장 아주머니가 집에서 말아 준 자리물회 맛은 지금도 잊을 수가 없다. 세꼬시처럼 뼈째로 써는데, 아주 얇게 썰어 억세지 않게 하는 것이 관건이다. 시원하게 얼음 동동 띄워 물에 만 자리물회를 한입 떠 넣고 씹으면, 꼬들꼬들한 식감 뒤에 남는 향의 여운이 제맛이다. (⋯⋯) 자리돔 개체군 사이에는 이 반점 크기에 차이가 있는데, 제주 자리돔의 반점이 신안의 그것보다 상당히 크다고 한다. 이렇게 지역 계군이 나뉜 것을 보면, 자리를 지키고 있어서 자리돔이라고 이름 붙였다는 유래가 이해할 만하다. 실제로 제주 사람들은 도내에서도 잡히는 생산지에 따라 자리돔을 달리 평가한다. 외해와 접해 있어 물살이 센 모슬포에서 잡힌 자리돔은 가시가 억세고, 같은 서귀포시지만 보목 앞바다에서 잡힌 자리돔은 뼈가 부드럽다고 구분을 할 정도다. −191∼194쪽.

멘트 내년 여름에는 자리돔회를 먹어볼까요, 자리를 지키느라 자리돔이었군요. 노래 한 곡 들을게요.

음악 : '리코타치즈샐러드' / 소란

멘트 지금 방송은 한국농수산식품유통공사 농식품전문자료
실 이은정이 진행하는 '읽어주는 책'입니다. 오늘은 황
선도의 『우리가 사랑한 비린내』를 읽고 있습니다. 이
책을 쓴 황선도 박사는 좋은 먹거리가 될 해양생물의
건강한 생태에 관심이 많은 사람인데요. 건강한 식생활
을 위해 우리 환경을 잘 가꿔야 한다고 합니다. 그 이야
기 좀 읽어드릴게요.

(책읽기)

현대인들은 맛이 있을 뿐 아니라 몸에도 좋은 건강식품을 찾고
있다. 이런 기호에 딱 들어맞는 식품은 단연 수산물일 것이다.
육류 중심의 식단에서 벗어나 비만을 예방하고 머리가 좋아지는
물질까지 섭취할 수 있다니, 웰빙 식품이 아닐 수 없다. 그러나
수산물이 고갈되었다는 소식은 이제 더 이상 뉴스거리가 되지
않는다. 누구든지 먼저 나가 많이 잡아 오는 자가 승리하는 올림
픽 방식의 어업 형태 때문에 남획이 이뤄진 게 그 첫 번째 원인
이요, 다음으로 육지 중심의 개발로 연안이 축소되고 바다가 오
염됨이 두 번째요, 전 지구적 기후변화가 세 번째 이유일 것이
다. 이제는 수산자원을 고전적이고 소극적인 관리에 의존할 때
가 아니다. 인위적이더라도 좀 더 적극적인 자원 조성이 필요할

때다. 수산자원을 회복하기 위해 수산생물종자를 방류하고, 이보다 앞서 수산생물들이 살 수 있는 서식장을 만들어 건강한 해양 생태계를 복원하는 것이 우선이다. 바다숲이란 다시마와 미역 등 포자식물인 엽상 해조류(바닷말)나 거머리말 등 종자식물인 해초류(잘피라 부르는 바다풀)가 무리 지어 사는 바닷속 군락을 말한다. 물고기에게 바다숲은 알을 낳고 기르는 산란장과 보육장이 되고, 자라면서 먹이를 섭취하고 사는 섭이장과 서식장이 되어 준다. 인류에게는 건강에 좋은 웰빙 식품이 되고, 의약품용 및 산업용 기능성 물질을 제공한다. 뿐만 아니라 이산화탄소를 흡수하여 온실가스를 줄이고 청정 바이오에너지 생산을 위한 원료로도 활용할 수 있다. 매년 5월 10일은 바다식목일이다. 한국수산자원관리공단은 바닷속 황폐화의 심각성을 알리면서 바다숲 조성의 필요성을 국민에게 홍보하여 해양 생태계를 복원하고 수산자원을 회복하고자, 2012년 2월 22일 세계 최초로 법제화(수산자원관리법 3조 2항)했다. 훼손된 연안 생태계를 복원하자는 의미에서 해조류가 가장 많이 자라나는 시기를 골라 지정한 법정기념일이다. 우리나라는 전 세계가 인정하는 산림녹화 성공 국가다. 민둥산을 푸른 숲으로 가꾸었듯이 황폐화된 바다를 풍요로운 바다숲으로 되돌려 놓을 수 있길 기대한다. −314~315쪽.

멘트 평소 먹고 즐기는 수산물이 건강한 식재료로 거듭나려면 여러 가지 노력이 있어야 하는군요. 우리나라가 '바다식목일'을 처음 지정한 나라라는 사실은 저도 처음 알았어요. 요즘은 사람들이 먹거리 생산과 유통을 예전보다 중요하게 생각하게 된 것 같아요. 덕분에 사건사고도 많지만 노력하다보면 더 좋은 먹거리를 시장에서 볼 수 있지 않을까요. 여기 못골시장에도 건강하고 신선한 먹거리가 많죠. 오늘 읽어드린 황선도 박사의 『우리가 사랑한 비린내』 어떠셨어요?. 비린내 안 나는 건강한 수산물을 잔뜩 구경한 기분이에요. 여기까지 읽어드리고요. 장안구 고객분 신청곡입니다. 마지막 곡으로 홍진영의 '사랑의 배터리' 판듀 버전으로 틀어드리며 물러갑니다. 오늘도 건강한 먹거리로 즐거운 하루 보내세요. 지금까지 한국농수산식품유통공사 농식품전문자료실 이은정이었습니다. 감사합니다.

음악 : '사랑의 배터리' / 홍진영

책읽기 출처 : 황선도, 『우리가 사랑한 비린내』, 서해문집, 2017에서 인용.

3부
남문시장

남문시장 통합방송

2017. 10. 25.

뒤늦게 남문시장 통합방송을 위한 교육에 합류했다. 남문시장 상인분들은 일도 방송도 적당히란 없을 것 같다. 종일 장사하셨을 텐데 장사를 마감하고도 늦은 시간까지 열과 성을 다하신다. 오늘은 경기방송 아나운서의 방송 언어에 대한 강의를 들었다. 강사분 이름이 생각나지 않고 그저 미스코리아 출신이라고 누가 살짝 귀띔해준 말이 기억난다. 키가 크고 늘씬한 강사님은 외모로만 따진다면 나와는 다른 세계에 사는 사람 같았다. 교육 끝나고 다들 사인을 받기에 나도 해달라고 부탁했다. 주머니를 뒤졌는데 종이가 없어서 겉옷 등면에 받았다. 사인 받는 사람은 벙글거리는데 사인해주는 사람이 어쩔 줄 몰라 안절부절못했다.

2017. 11. 1.

교육은 수원시가 지원하고 경기방송이 운영하는 것 같다. 커리큘럼은 방송 언어, 리포팅 등 방송을 처음 시작하는 사람에게 어울릴 것 같은 내용이었다. 교육을 9번으로 나눠 한다고 들었는데 처음부터 참석하지 않아 교육이 어떻게 시작된 건지 잘 모르겠다. 그런데 교육을 받다 보니 교육하는 쪽이 상인분들께 더 많이 배워갈 것 같다. '시장방송은 특별한 환경에 제약이 많아서 공중파 방송 기법을 그대로 따라할 수 없을 것 같은데'라고 생각하며 고개를 돌리다가 방송팀장님과 눈이 마주쳤다. 찡긋거리며 웃는 모습이 나와 같은 생각을 하는 것 같았다. 종류가 다른 방송이지만 재미만 놓고 본다면 난 웬만한 텔레비전이나 라디오 방송보다 못골시장 방송에 점수를 주겠다. 지금 이 교육 시간들이 단단한 디딤돌로 굳어주길. 그나저나 올해 연말엔 방송을 못 하니 '공식적으로' 책을 안 읽고 있다.

2018. 1. 5.

수원 남문시장에 통합방송국이 설치됐다. 시설은 수원시가 만들었고 방송국을 운영하기 위해 9개 시장 상인회에서 대표가 선발됐다. 벌써 몇 달째 교육에 회의에 부산했다. 나는 11월부터 못골시장 대표단으로 남문시장 통합방송국 디제이에 합류했다. 정식 프로필 사진을 찍었고 사진은 공식 플래카드와 각종 홍보자료에 걸렸다. 회의에서 방송 이름도

정했다. '책, 그것이 알고 싶다.'

"이참에 여성시대처럼 사연을 받아라." "짝꿍 디제이와 같이 만담을 해라." "라디오 드라마처럼 써서 운영해봐라." 내 방송에 대해 단원들의 아이디어가 많았다. 그런데 그냥 난 시장에서 책을 더 읽어보고 싶다고 말했다. 올해 안에는 전기수* 팔자를 고치기 어려울 것 같다.

남문시장은 문화체육관광부가 정한 관광지다. 상주인구와 유동인구를 포함한 시장인구가 어마어마하다. 못골시장 하루 인구가 1천 5백명쯤 되는데 다른 시장으로 유입되는 인구가 못골시장보다 적은 것을 셈하더라도 1천 명 곱하기 9로 남문시장 하루 인구는 1만 명 가까이 된다. 아직 남문시장 상인회나 방송국분들을 잘 알게 된 건 아니지만 잘해보고 싶다. 내가 방송을 하는 한 시간 남짓, 남문 성곽을 둘러 시장 전역에서 스피커로 읽는 책 내용이 울릴 거다. 겁도 나고 뿌듯하기도 하다. 이제 남문시장인가?

....

* 조선 후기 부유한 개인 집을 방문하거나 시장 등에서 사람을 모아두고 이야기책을 읽어주던 직업 낭독가.

첫 방송, 『청소년 사전』

2018. 1. 8.

    날이 춥지만 부서 차장님이 선물한 따뜻하고 독특한 티셔츠를 입고 와 든든했다. 남문시장 9개 시장방송을 합한 방송국이 출범하고 처음 하는 책읽기 방송이다. 춘우 언니가 기념이라며 방송실을 방문했다. 춘우 언니는 화성 행궁 앞에서 공방을 운영하며 못골시장에서부터 디제이를 한 시장방송 베테랑이다. 엔지니어링에 문제가 있을까 봐주러 온 것 같았지만 별말 없이 방송 책상 앞 손님의자에 앉아 내가 방송 준비하는 모습을 가만히 지켜봤다. 까마득한 방송 선배와 익숙지 않은 기계를 앞에 두니 마음이 떨렸다. 오디오 기계 조작이 약간 어려웠다. 이번 회부터 모바일앱 '깍쟁이 수남씨'로 시장 밖으로도 방송이 송출된다. 갑자기 걱정이 밀려왔다. 이제 시장을 방문한 고객이 아니라도 원하는 사람은 어디서든 휴대폰으로 시장방송을 들을 수 있다. 기술이 더 좋아졌는데 왠지 방송시간을 널리 알리기 어려울 것 같다.

보통 방송을 하는 도중엔 다른 일을 할 여유가 없는데 그나마 음악이 나가는 시간엔 잠시 쉴 수 있다. 두 번째 곡이 나갈 즈음이었나 조용히 듣고만 있던 춘우 언니가 입을 열었다. 시장방송에서 정말 책을 읽을 줄은 몰랐다며 내 방송이 확실히 언니 생각과 다르다고 말했다. 좋은 건지 아닌 건지 모르겠지만 일단 언니 생각과 다른 건 확실했다. 몽골시장에서부터 같이 방송을 했지만 우리는 서로의 방송을 듣지 못했다. 언니가 방송을 하는 날에 나는 사무실에서 근무를 했고 내가 방송하는 시간에 언니는 장사를 해야 했다, 내 방송을 처음 들었다는 언니의 소감 한마디가 인상적이었다. 하긴 나도 내가 이런 책 방송을 할 줄 몰랐다.

오늘 읽은 책은 가톨릭 서적이다. 며칠 전 주변 사람들에게 새해 첫 번째로 읽을 책을 물었을 때, 대학 동창 한 녀석이 아이가 있는 가족이 함께 읽으면 좋을 것 같다고 추천한 책이다. 종교 서적이라 일반 서점에서는 찾아볼 수 없어 반신반의한 마음으로 인터넷으로 미리 구입해 읽었다. 내용은 한 가톨릭 신부님이 어려움을 상담하는 청소년들과 나눈 이야기들이었다. 얼굴을 맞대고 나눈 대화도 있고 편지로 오간 내용도 있었다. 상담 내용 중 내가 상상하지 못한 아이들의 속사정이 신기했다. 종교적인 색이 있을까 망설였지만 '꼰대'를 사전식으로 설명한 장을 읽고는 의심 없이 방송에서 읽기로 결정했다. 이 책은 정말 사춘기 아이들을 둔 집에서 부모가 읽으면 아이들 생각을 이해하는 데에 도움이 될 만하다. 어느새 나도 아이들 생각을 읽으려면 따로 공부를 해야 하는 꼰대가 된 건가. 대본 쓰며 미리 읽었지만 방송에서 읽던 중에도 내용이 좀 슬펐다. 장소를 바꾼 첫 방송이고 새해니까 슬프지 않게 덤덤하게 읽으려고 무척 애를 썼다.

가정 내 폭력이 얽혀 있는 상담편지를 받을 때면, 가장 마음이 아픈 것이 아이들의 웃고 있다는 표시인 "ㅋㅋㅋ"입니다. 맞았다고, 칼을 들이댔다고, 죽을지도 모르겠다는 아이들의 글을 보고 있으면 거기에는 어김없이, 마치 마침표처럼 "ㅋㅋㅋ"가 붙어 있습니다. 여름이 왔는데 몸은 커버려서 옷이 맞지 않아 옷을 사달라는 말을 하다가 맞았다고, 아빠가 자신을 좀 더 좋아하길 바라면서 열심히 공부를 하고 있는데 "쇼하지 마라"라고 혼났다며, 밥 먹으며 옷 이야기를 꺼냈다가 건방지다고 식탁에서도 맞았다며 저 표시를 붙였습니다. 저 "ㅋㅋㅋ"를 붙일 때 아이의 마음은 어떤 상태였을까요?

―조재연, 『청소년 사전』, 마음의숲, 2012, 64쪽.

　남문시장 통합방송국에서 첫 방송한 후 많은 일을 했다. 11일 보도기사를 내보냈다. 전통시장 '읽어주는 책' 방송을 남문시장 ICT 라디오방송으로 확대한다는 내용이었다. 23일엔 농식품독서교실을 열었다. 올해는 국립어린이청소년도서관이 농식품독서교실에 쓰라며 상을 두 점이나 보내주셨고 참여한 아이들이 새해 선물로 받아갔다.

　22일엔 사랑하는 어슐러 르귄 선생*이 돌아가셨다. 기사를 보고 메일로 마지막 팬레터를 썼지만 보내지 못했다. 선생 덕분에 아이들을 예쁘게 보는 마음이 생겼었다. 계신 곳에 눈이 소복하게 내렸으면 좋겠다.

　오늘은 남문시장 통합방송국에서 회의가 있었다. 9개 시장을 대표하는 방송단원이 전원 모였다. 여러 가지 안건이 있었고 다투듯 치열한 토론을 벌였다. 회의 원칙은 '방송 내

• 어슐러 르귄(Ursula K. Le Guin, 1929. 10. 29.~2018. 1. 22.) 미국 작가로 판타지, 과학 소설을 주로 썼다. 대표작으로 헤인 시리즈, 어스시 시리즈가 있다. 어스시 시리즈는 톨킨의 『반지의 제왕』, 루이스의 『나니아 연대기』와 비교되는 판타지 소설이고, 헤인 시리즈는 아시모프의 『파운데이션』과 비교되는 SF 소설이다. 이념전쟁 시대를 반영한 작품들이지만 긴장감 넘치는 전쟁 묘사보다 종족, 문화, 언어에 기본을 두었다. 휴고상, 네뷸러상 등 판타지/SF 관련 문학상을 대부분 받았다. 영화나 애니메이션 제작사에서 영상화를 시도했지만 흥행에 실패했다. 지금도 젊은 작가들은 그녀의 소설 속 캐릭터와 기술 들을 자주 인용한다.

용, 일정, 회원 정관, 예산 등 방송국 운영에 필요한 사항은 반드시 공론화하고 결정한다'였다. 시장이라 그런가? 서로 다른 의견으로 싸울 때 너무 치열했다. 하지만 결정된 사항은 모두 수긍하고 언제 싸웠냐는 듯이 시원하게 박수쳤다. 회의 모습이 신기했다.

『보노보노처럼 살다니 다행이야』

2018. 2. 3.

　토요일 오전, 방송에 필요한 책은 정작 한 권인데 매번 후보작 읽다 날 샌다. 후보작은 온라인으로 방송을 듣는 청취자들에게 먼저 묻는다. 마땅한 책이 없을 땐 서점 판매대를 기웃거리거나, 잡지나 신문, 방송을 들춘다. 최근 본 인상적인 강연이 있다면 발표자가 낸 책도 본다. 이것도 좋고 저것도 좋다며 줏대 없이 모아 읽는데 정말 좋은 책들이 많다.

> 초라해 보이는 날엔 (……) 생리일이 다가왔나 체크해 볼 것
> (……) 정신의 문제를 다시 정신으로 풀려고 하다가는 일이 더
> 꼬일 수 있다는 거 (……) 그럴 돈 없다고 하지 말자. 물론 쌀을
> 살 돈도 없는 지경이라면 엄마가 할 말은 없지만 (……) 그런
> 날은 엄마의 레시피를 따라 요리를 해보자.
> ─공지영, 『딸에게 주는 레시피』, 한겨레출판, 2015, 11~12쪽.

　『먹는 인간』, 『딸에게 주는 레시피』 등 모아 온 후보작들

이 좋다. 대강 읽어봐도 문장이 명쾌해서 읽기 편할 것 같다. 모두 음식에 관련된 책이라 회사 가치에 어울리고 시장에 들르는 사람들의 공통 관심사에도 맞는다.

2018. 2. 3.

후보작들이 대단해서 읽을 책 선정에 머리를 싸매고 있었다. 다 읽을 수도 없고 책 내용이 너무 좋아도 고르기가 어렵다. 늦은 오후가 되어 머리나 식히자며 서점에 들렀다. 생각 없이 가판에 놓인 베스트셀러를 집었는데 표지에 익숙한 애니메이션이 그려져 있었다. 서문을 읽다가 책을 다시 판매대에 올려두고 버릇처럼 손에 든 휴대폰으로 SNS 피드를 올리는데 친구 녀석이 올린 한 줄짜리 시니컬한 소개글이 눈에 들어왔다. 같은 전공이라 책을 많이 보는 녀석인데 고향을 떠나 세종에서 나랏일을 하느라 외롭고 씩씩한 날을 보내고 있었다. '한껏 지쳤을 때 위로가 됐다'며, 짠 것도 아닌데 표지 그림이 익숙한 그 책이었다. 고민하기도 지쳤는데 잘됐다 싶었다. 그래도 그렇지 그냥 그렇게 정해버렸다.

2018. 2. 6.

화요일, 설 명절 전 마지막 방송, 날은 맑은데 엄청 춥다.

"인간의 노동력을 환산한 것이 월급이라지만 그 안에서 가장 많은 지분을 차지하는 건 지구력이다. 마음에 안 드는 후배를 참아 넘기는 인내심. 상사의 썰렁한 유머에 웃어주는 서비스 정신 (……) 나만 회사를 싫어하는 게 아니라 회사도 나를 싫어할 수 있다는 반전 (……) 이 모든 것의 한 달치 분량을 (……)."

—김신회, 『보노보노처럼 살다니 다행이야』, 놀, 2017, 118쪽.

방송실에 들어서니 손이며 발이며 입이 다 얼어버렸다. 어째 바깥보다 추운가. 서버는 잘 돌아가는지. 어제 서버가 멈춰 온 시장사람들이 한 번씩 왔다가며 난리였다는데, 웬걸 난 시장에 매일 있는 것이 아니니 방송 전에 기계를 보려해도 회사에 보고하고 출장을 내야 하니 영 불편하다. 아무튼 오자마자 환기시키고 온풍기를 틀고 기계를 보기 시작했다. 남문방송국 개국으로 새로 들인 기계에 다시 아마추어가 됐지만 오늘 방송을 위해 나를 도와줄 사람은 없었다. '괜찮다, 할 수 있어!' 오기를 다지니 입김이 하얗게 나왔다.

송출 프로그램을 켜고 음향기기를 점검했다. 마이크를 켜고 헤드셋을 끼고 '아아, 마이크 셋셋!' 왠지 시장 뱀장사라도 나가야 할 것 같은 목소리로 음향을 테스트했다. 이 정도면 괜찮다. 메신저로 30분 전부터 오늘 방송 생방이라고 음향 모니터링을 부탁했지만 아무도 대답하지 않았다. 괜찮다. 테스트 음원을 5분간 내보내고 브리지 영상을 내보내려보니 어제 서버 문제로 파일이 다 날아가버린 것 같았다. 영상이 프로그램에서 삭제되고 없었다. '어쩌나. 그냥 가야겠다. 오늘 불안하다.' '괜찮다'를 기도처럼 읊었는데 괜찮지 않을 것 같았다. 밖으로 나가보니 테스트 음원이 작은 소리로 송출됐다. 명절 전이니까 들릴 듯 말 듯 방송을 내보내자. 사실 이번 주엔 방송하면 안 된다. 상인분들 매출에 집중할 시기니까.

메신저에 문제를 알리고 시그널을 틀었다. 2초 후에 처음 인사말을 해야 한다. 타이밍을 놓치고 말았다. 별 수 없다 그냥 간다, 생방송이니까. 아무렇지도 않은 듯 다시 시그널을 틀고 3초 후 인사말을 했다. 발음이 제대로 꼬이고 있었다. 괜찮다. 음악 틀 거다. 휴, 입이 얼어버렸다. 계속 투레질을 했어야 하는데. 노래 한 곡 두 곡, 남문시장 이번 주 행사도 공지로 내보내고 그제야 입이 좀 풀리는 것 같았다. 눈물이 나올 것 같았다. 오늘 준비한 대본은 정말 완벽했는데, 하긴 대본대로 읽은 방송은 지금까지 단 한 번도 없었다.

마지막 인사로 마무리하려는데 방송단장님*이 방송실 문

을 열고 들어왔다. 마이크 불이 반짝이는 것을 보고 단장님이 몸을 잠시 움츠렸다. 다행히도 문소리가 크지 않았다. 나는 하얀 입김을 연신 마이크에 뿜어대면서 단장님에게 괜찮다는 눈짓을 보냈다. 너무 반가웠다. 방송이 맘대로 안 되고 혼자 기계에 한풀이하고 있던 마음이 외로웠나 보다.

방송 끝내고 칼칼한 몽골칼국수를 먹으러 가잔다. 방송실은 너무 추웠는데 방송단장님을 따라나선 밖이 생각보다 안 추웠다. 몽골칼국수는 바지락국인지 칼국수인지 모르겠다. 바지락을 이렇게나 많이 넣어도 장사가 되시나. 칼국수가 나오고 한 모금 마시는데 깊은 국물맛이 속상한 마음을 다 씻어버리는 것 같았다. 방송단장님이 괜찮단다. 오늘은 원래 방송하면 안 되는 날인 걸 알지 않냐며. 모니터하면서 왔는데 방송 음향이니 마이크니 거의 안 들렸단다. 웃어야 하나 울어야 하나. 우린 그냥 앉아서 웃었다. 한동안 SNBC[**] 개국한다고 회의만 했는데 다시 방송 음질에 신경을 써야겠다고 맘먹었다.

....

[*] 2월 초 회의를 거쳐 남문방송 통합방송국의 정관과 조직을 정한 결과 몽골시장 방송팀장님이 남문시장 통합방송국 방송단장님이 됐다.

[**] 수원남문방송, 수원남문시장 통합방송국(SNBC: Suwon Nammun Broad Cast)

녹음 방송만 할까?

2018. 2. 6.

녹음파일을 방송하는 날은 내 메신저가 아주 조용하다. 방송단장님이 못골 방송 부스에서 녹음파일을 틀어주시는데 상인분들이 아시나 보다. 나는 방송이 나갈 땐 시장에 있지 않아 사람들이 듣는지 마는지 알 길이 없지만 듣고 있겠거니 시장분들을 믿고 마음을 편히 먹는다.

하지만 방송을 녹음하는 날은 또 다른 긴장 상태다. 녹음은 생방송과 다르게 횟수에 관계없이 다시 할 수 있다는 점이 문제다. 어쩌면 장점인데 전체적인 상황을 두고 보면 나에겐 좋지 않다. 아무리 완벽한 대본이라도 보통 두세 번 다시 녹음하게 되는데 방송 한 회 녹음이 길어지면 다른 편에 시간을 쓰기가 어려워지기 때문이다. 공공기관 공직기강에 영향을 받는 사람은 외부에 나와 있어도 사무실을 비울 수 있는 시간이 정해져 있다는 사실을 늘 기억해야 한다.

앞선 생방송에 약간 실수가 있어 풀어 죽었지만 녹음을

안 하고 돌아갈 수는 없었다. 칼국수 먹고 뚱뚱한 배를 쓰다 듬으며 몽골시장으로 건너왔다. 방송 부스에 앉아 "아자!" 하고 소리를 지르니 로비에 있던 몽골카페 사장님이 안 그 래도 큰 눈을 부라리며 웃었다. '저 언니 이제 하나도 안 무 섭다.' 게다가 오늘은 녹음방송 책들이 아주 쟁쟁했다. 드디 어『먹는 인간』,『딸에게 주는 레시피』차례다. 읽으면서 감 탄했던 후보작을 모두 가져왔다. 녹음 방송이라도 온전해야 겠다고 생각했나 보다. 약간 긴장한 채로 시그널을 틀고 마 이크를 켰다.

  몽골시장 방송 부스는 몽골카페 안에 통유리 오픈 형태로 있다. 그래서 방송 중이라는 알림 조명을 켜도 지나는 사람 들로 자주 돌발 상황이 일어난다. 방송 중에 유리창을 두드 리거나 무작정 방송 부스로 들어와 마이크 근처를 지나다니 는 분도 있다. 감사하고 즐거운 관심들이다. 그래도 방송 중 사고를 내면 안 되니까 안내 문구도 붙여보고 음악 내보내 는 중에 부스 밖으로 나가서 설명도 하고 또 어쩔 수 없을 땐 방송 중이라도 온갖 몸짓을 보낸다. 한 30분 동안 한 손엔 대본을 한 손엔 숫자를 표시한 채 양팔을 만세하듯 들어 올 리고 마이크에 얼굴을 댄 경우도 있었다.

오늘도 카페엔 사람이 많았다. 방송 부스에는 사람이 있는데 시장 스피커로는 소리가 안 나오니 궁금해하셨다. 그래서 급한 대로 녹음하다 말고 나가 안내 문구를 써서 붙였다. "오늘은 녹음만 합니다. 즐거운 하루 보내세요." '즐거운 하루 보내세요'는 회사에서 전화를 받을 때 반드시 해야 하는 마무리 인사다. 왜 이럴 때 나오나 싶어 혼자 웃었다.

다행히 녹음은 잘됐다. 이런 날은 생방송을 포기할까 고민을 심각하게 하게 된다. 하지만 바로 맘을 고쳐먹었다. 생방송은 생방송다운 매력이 있다.

『낭송 열하일기』

2018. 3. 10.

　다음 주 회사 행사가 몰려 있어서 이번 주가 너무 분주하다. 늘 이렇지. 내일도 당장 행사를 준비하러 움직여야 해서 마음이 바쁜 가운데, 오늘은 틈틈이 방송 대본을 쓴다. 이번 방송 책의 주제를 '너와 나의 시선' 정도로 묶어볼까?

　얼마 전 텔레비전에서 우연히 고미숙 선생의 강연을 봤다. 언제 봐도 우렁차고 씩씩한 모습이다. 개인적으로 아는 것도 아니고 앞으로도 만나기 쉽지 않을 것 같은데도 왠지 친하게 지낼 수 있을 것 같은 사람들이 있다. 글로만 만나봤지만 선생이 그런 사람이다. 선생은 소위 '박지원빠'다. 정치인 말고 조선 후기 실학자 연암 박지원 말이다. 아무튼 텔레비전에서 강연을 하시니 책을 새로 내셨나? 궁금해서 끝까지 강연을 봤는데 이번 강연은 '연암의 웃음'이 주제인 것 같았다. 『열하일기』를 읽으며 연단에서 깔깔 웃고 계신 게 아닌가. 『열하일기』는 박지원이 사신으로 청나라에 다녀온 후 쓴 여행기인데 선생은 열하일기 속 유머 코드를 모조리 잡아내고 있었다. 『열하일기』가 웃긴 책이었다니.

고전은 번역이 중요하다. 그 이유는 내용에 대한 이미지 때문이다. 번역자의 시선과 그의 문장은 내용의 이미지를 결정한다. 고전을 이해하는 데에 내용의 이미지가 중요한 이유는 고전에 쓰인 단어가 어렵기 때문이다. 모르는 단어를 모조리 찾아보며 읽지 않는 경우 보통 내용을 짐작하면서 이해하게 되는데, 이때 책에 대해 갖고 있던 이미지가 큰 역할을 한다. 어쨌든 선생의 번역은 쉽고 재미있어서 좋다.

오랜만에 『열하일기』나 읽어볼까. 서점에 가서 고미숙 선생의 책을 찾았다. 다른 번역 책은 많은데 선생의 번역본은 찾을 수가 없었다. 서가를 뒤지다 결국 직원에게 도움을 청해 겨우 구석에서 작은 책을 찾았다. 주요 내용을 모아 펴낸 낭송용 선집이었다. 고전을 우리 방송에서 읽을 수 있을까?

2018. 3. 13.

설날 후 첫 방송, 남문시장은 교육이니 회의니 매주 수요일마다 들러서 익숙해졌다. 날씨는 화창한데 미세먼지 때문에 뿌옇다. 손님은 많을까? 몽골시장은 많을 것 같다.

남문시장 방송실은 아직 좀 낯설다. 환경에 예민한 방송기계들이니 들어가자마자 환기시키고 불을 켜고 오디오믹서(오디오 신호 믹싱 전자장치)를 켜야겠다는 생각을 하면서 3층 계단을 올라 방송실 입구에 섰는데, 아차차 키가 있어야 할 자리에 없었다. 어쩔 수 없지. 급하게 방송단 채팅방에 도와 달란 메시지를 올리고 국장님께 전화를 걸었다. 국장님은 바쁘신지 전화를 받지 않았고 채팅방도 조용했다. 계속 기다리고만 있을 수 없어 커피나 한잔 마시자며 사러 나섰다. 가방을 맡길 데가 없어서 들고 나왔더니 주렁주렁 손에 짐이 많다. 하필 난 왜 책을 읽는다고 했을까. 책이 제일 무겁다. 커피값을 결제했는데, 시장으로 들어오는 길이라 방송국에 들르겠다는 국장님의 전화가 걸려왔다. 좀 일찍 전화주시지, 한 잔만 시켰는데⋯⋯. 얼른 한 잔을 더 샀더니 짐이 더 많아졌다. 주섬주섬 들고 나서는데 왜 이리 무거운지 끙끙거리며 방송실 3층까지 올라섰다. 드디어 방송실 문이 열렸다. 국장님이 방송국 디제이 이름으로 나온 명함을 가져가라셔서 2층 사무실을 들렀다. 사무실 안에 재활용 쓰레기가 얼마나 많이 쌓였는지 정리하고 보니 또 휴대폰이 보이지 않았다. 겨우 휴대폰을 찾았지만 시장에 도착하고 한 시간이 훌쩍 지났다. 오늘은 왜 이리 정신이 없나.

"잠시 후 수원 남문시장 SNBC '읽어주는 책' 29회 방송 시작합니다. 오늘은 팀 알퍼의 『우리 옆집에 영국남자가 산다』를 읽어드립니다."

　방송 기계를 만지기가 생각만큼 자유롭지 않았다. 겨우 마이크에 전원을 넣고 음원 프로그램을 켜는데 이번엔 헤드폰으로 소리가 들리지 않았다. 결국 방송단장님, 춘우 언니, 유지보수업체 팀장님에게까지 돌아가며 전화를 걸었다. 친구들과 모임이 있어서 주말에 강원도 평창을 다녀왔는데 쉬는 시간 틈틈이 열심히 쓴 대본이었다. '이놈 기계 따위!' 말을 안 듣는 기계를 원망하면서 매뉴얼 순서대로 조작 방법을 하나씩 체크하니 기계가 제대로 작동하지 않은 이유는 오류가 아니었고 내가 잘못 조작한 탓이었다. 한 달 만에 방송실에 온 주제에 오만하게 기계 탓을 했을까? 막연하게 오늘 방송도 막힘이 없을 거라고 자만한 내가 문제였다.

　기계가 얼추 정리되니 방송 송출하는 방법이 헷갈리기 시작했다. 나 스스로가 어이없어 속으로 웃음을 흘렸다. 영상 송출하고, 음향 송출 세팅하고, 방송 시작을 마이크로 알렸다. 실수가 있어도 어쩌겠나, 방송을 시작하면 그대로 가야 한다. 시그널을 틀고 '사람들이 방송 들으면서 문제를 좀 지적해주면 좋으련만' 하고 생각하는 순간 방송단 채팅창으로 하나둘 신청곡이 올라오고, 소리가 어떻게 들리는지 알려주셨다. 못골시장 사람들이었다. 역시 다르다.*

어설픈 생방송을 마무리하며 아쉬운 마음을 접고 다음 회를 녹음하러 못골시장 방송실로 내려갔다. 요즘 못골시장 방송실을 이용하는 사람이 적어졌나. 기계 잡음이 심해졌다. 기계는 너무 안 써도 문제다. 환풍기를 돌리지 않았는데도, 마이크며 오디오믹서며 잡음이 너무 심해 녹음기에 적나라하게 들렸다. 그래도 시장방송 오면 못골시장 방송실로 와서 뭐 하나 해야 할 것 같다. 친정 같은 기분이랄까.

정조대왕이 만든 이 시장*에서 꼭 한 번 북학파 박지원의 『열하일기』를 읽고 싶었다. 오늘이 바로 그날이었다. 드디

....

• 시장방송을 진행하는 디제이들은 대부분 초보자였는데 방송 중 사고가 생겨 시장 내 상거래행위를 방해하는 일이 종종 있었다. 게다가 시장방송은 시장 내 설치된 스피커로 송출만 하는 일방향 방송으로 방송 중 시장 내 상인이나 고객과 실시간으로 소통할 수 없었다. 못골시장 온에어는 이를 해결하기 위해 시장 대표와 디제이들이 모여 커뮤니티를 운영하면서 방송 중 온라인 채팅으로 시장 내 송출되는 소리에 대한 의견이나 신청곡 등을 받았다. 남문시장 방송국이 개설되고 동일한 형식으로 온라인 소통창구를 열었는데 방송 처음에는 각 시장 사람들의 채팅 참여가 활발하지 않았다. 반면 못골시장 상인들은 의견을 적극적으로 전달하는 분위기였고 방송 운영에 도움이 됐다. 이로써 다르다고 느꼈다.

어 이 책을 들고 왔고 방송 대본의 흐름도 괜찮았다. 하지만 뭐랄까 아직 남문시장 기계에는 자신이 없었다. 생방송 하다가 삑사리 날까 겁이 났다. 그래도 녹음기를 틀고 대본을 읽으니 마음이 더 편해졌다. 물론 머피**가 제 역할을 해서 두세 번 다시 녹음했다. 그래도 이 정도면 수월했다.

녹음파일을 팀장님에게 보내고 방송실을 나와 집으로 차를 몰았다. 늘 그렇듯 녹음파일을 차 안에서 들어봤다. 생각보다 괜찮았다. 책 내용을 온전히 전달하지 못한 것 같고 잡음도 섞였지만 전체적으론 괜찮았다. 오늘 이 녹음파일을 들려주기 위해 아침부터 신이 그렇게 나를 힘들게 하셨나 보다. 아, 오늘은 종일 밥을 한 끼도 먹지 않았다.

....

• 수원 남문시장은 수원 화성의 남쪽문인 팔달문 주변에 모여 있는 9개 시장들을 통틀어 부르는 이름이다. 조선 후기 정조가 정약용과 더불어 화성을 축조할 때 왕의 지시로 화성 앞에 팔달문시장이 형성됐다. 팔달문시장은 역사상 유일하게 왕이 만든 시장이라는 점과 양반에 뿌리를 둔 수원 상인인 유상이 시작된 곳으로 유명하다. 이후 팔달문시장을 중심으로 8개 시장이 추가되어 지금의 남문시장이 만들어졌는데 통칭 남문시장을 정조와 연결지어 말하는 경우가 많다.

•• 머피의 법칙. 에드워드 머피(Edward Murphy)는 "잘못될 수 있는 일은 결국 잘못되게 마련이다(If anything can go wrong, it will)"라는 말에서 유래된 일종의 징크스를 주장하고 노벨공학상을 받은 인물.

루이제 린저와 수원의 나혜석

2018. 4. 6.
_____

　정말 고단한 날이었다. 퇴근 후 집에 와서 오랜만에 편안한 마음으로 '사랑하는' 루이제 린저의 책을 골라 들었다. 아뿔싸, 방송 일정이 코앞으로 다가와 있었다. 머리에 뭐가 든 건지 정신이 없다. 하긴 요즘 회사에서 노동조합을 만든다고 나서면서부터 작년 이맘때보다 세 배는 더 바빠진 듯하다. 원래는 사흘 뒤에 국장님 방송의 엔지니어를 맡아드리겠다고 약속했었는데, 부랴부랴 일요일 밤에 국장님과 방송단장님께 전화해서 다른 디제이로 변경하기로 일정을 바꿨다. 도와드리겠다고 호기롭게 말씀드렸는데 갑작스럽게 일정을 변경하다니, 말만 앞세우는 사람처럼 보일까 걱정이다. 방송단장님이 신속히 조치하고 일정 변경을 공지하면서 일이 잘 해결됐다.

　그나저나 남문시장 방송을 시작한 지 넉 달 만에 한 달에 두 번 하기로 계획했던 책 방송을 한 번으로 줄이게 생겼다.

회사에서 상용직과 비정규직을 위한 노동조합을 만들려고 준비하는 중인데, 노동조합 대표를 맡게 됐다. 회사 사업장이 전국에 퍼져 있는 덕에 사람들을 만나려면 앞으로 지방 이동이 많을 것 같다. 무리하게 일정을 잡아놓고 날짜가 임박해서 방송을 연기하는 것은 서로 불편한 일이다. 어떻게 시작한 방송인데 횟수를 반으로 줄이려니 마음이 너무 쓰라렸다. 하지만 나를 바라보고 함께 일하려는 사람들이 또 잔뜩 생겼다. 내가 결정했으니 이 정도 희생은 당연한 것이다. 시장에 죄송하지만 방송 횟수를 줄이겠다고 미리 말씀드리고 나중에 다시 늘여서 하겠다고 졸라봐야겠다.

어릴 때부터 특정 상황에 반복해서 꺼내 읽는 책이 있다. 예를 들어 겨울 군고구마를 먹을 땐 꼭 프랜시스 버넷의 동화 『소공녀』를 읽는다. 주인공 세라가 다락방에서 이웃 부자에게 처음으로 호의를 받는 그 장면을 읽으면, 마치 내가 주인공 소녀가 된 기분이 든다. 그때 먹는 고구마는 왠지 더 따뜻하고 달콤하다. 루이제 린저의 『생의 한가운데』는 내게 버거운 일이 생길 때마다 읽는다. 힘에 겨워 도망가고 싶은 마음이 굴뚝같다가도 한바탕 읽고 나면 상황을 담담히 받아들이게 된다. 요즘 내가 사는 게 벅찬가? 오늘따라 그 책이

나를 부른다.

2018. 4. 7.

책장에서 고른 이번 방송 후보 책은 루이제 린저의 『생의 한가운데』, 성균관대에서 한국학을 강의하는 장영은 교수가 엮은 『나혜석, 글 쓰는 여자의 탄생』, 장 코르미에의 『체 게바라 평전』이다. 고집 세고 자기 할 말 잘하는 사람들의 이야기다. 호불호가 나뉠 것 같다. 어차피 방송은 내 일상이나 감정과 맞닿아 있고 그때그때 잘 읽을 수 있을 것으로 선택해야 방송 사고가 적다. 후보작 모두 센 사람들 이야기인데 그나마 나혜석 이야기가 얌전할 것 같다.

2018. 4. 8.

요즘 수원은 나혜석 이야기로 한 차례 시끄러웠다. 지난달 수원박물관이 수원지역 독립유공자를 발굴해 명단을 발표했는데 초기 명단에 나혜석이 들어 있었기 때문이다. 나혜석을 독립유공자로 굳게 믿는 사람들이 있어서 맞다 아니다로 논쟁이 심했다. 사실 나혜석이 3·1운동이나 경성폭파 사건에 참여한 것은 사실이지만, 이광수 등 한참 욕먹는 친일 문학인들과 친한 사이였던 것도 사실이다. 남편과 함께

한 활동도 친일로 의심받았다.

예상대로 수원박물관이 발표한 최종 명단에는 나혜석 이름이 없었다. 그래서 아쉬움이 남았는지 수원 여기저기에서 나혜석 관련 전시회 등 행사가 열리고 있다. 개인적으로는 윤동주 시인을 더 내세웠으면 좋았겠지만, 평범하지 않았던 나혜석의 삶이 사람들을 자극하는 이야기인 것도 사실이었다. 이번 책을 읽기로 한 선택이 잘한 일이길 바란다.

그나저나 막상 책을 읽어보니 나는 나혜석을 잘 몰랐던 것 같다. 격변기를 산 여성으로 인생 굴곡이 책만 같다면 정말 제정신이기 힘들었겠다. 수원 사람들은 나혜석을 잘 알고 있을까? 이번 달 방송대본을 쓰기 위해 신여성 나혜석에 대해 집중하고 있다.

2018. 4. 10.

방송실 안은 한층 더웠다. 4월인데 벌써 여름인가? 서버 돌아가는 소리가 시끄러워 더위를 부채질했다. 한참을 만졌는데도 기기의 잡음이 잡히지 않았다. 남문시장 방송국을 개국하고 들여온 고가 장비들인데, 아직도 길이 안 들었다. 하지만 나는 이제 남문시장 방송국에도 익숙해졌나 보다. 방송국 안에 앉기만 하면 차분해졌다. 대본을 쓰며 괜한 격정을 했나 싶게 방송은 잘했다.

　방송이 끝나고 국장님께 방송실 키를 반납하러 들렀는데 국장님이 환한 미소를 지으셨다. 나혜석과 관련한 오늘 방송 내용이 참 좋았다며, 팔달문시장에 오신 외부 손님과 함께 내가 진행하는 책 방송을 들었다고 하셨다. 일부러 기다렸다 방송을 들으셨다고, 손님은 인상적이었다는 인사를 남기고 방송이 끝나자마자 돌아가셨다는 것이다. 외부 손님이 누구신지, 구체적으로 어느 대목, 어느 구절이 맘에 드셨는지 편집증 환자처럼 캐묻고 싶었지만 그러지 못했다. 뜻밖에 부끄럽고 한편으론 뿌듯한 마음이 들었다. 요즘은 못골시장이 아닌 곳에서, 남문시장을 벗어난 곳에서 책 방송에 대한 반응을 자주 접한다.

『쓸 만한 인간』

2018. 6. 11.

제주 사건*이 얼마 되지 않았는데, 이번엔 내가 일하는 사업장에서 높은 분이 시장에서 책 읽는 것부터 중단시키라는 지시를 하셨단다. 지난 달 동료들과 함께 노동조합을 만들고 총회를 열었는데, 노동조합을 시작한 장소가 하필 수원 사업장이었다는 사실이 곤란하셨나 보다. 부서 사람들은 덩달아 좌불안석이다. 상급자의 명령이니 모른 척하기 곤란하고, 그렇다고 방송에 기를 쓰는 나에게 단박에 하지 말라고 말할 근거도 없었다. 누가 지금 내 생각을 묻는다면, 글쎄 시켜서 시장방송을 시작한 것도 아닌데 시킨다고 중단할까. 이제 겨우 사람들에게 책을 권하기 시작했으니 시장이 책과 친해지려면 조금은 더 읽어야 할 것 같은데 말이다. 시장과

---

* 남문시장 방송국이 만들어진 초기에 상인이 아닌 나를 방송단 정식 단원으로 하고 내 방송을 정규 일정으로 넣는 문제에 대한 의견이 분분했다. 못골시장이 시장방송과 기계에 익숙한 디제이로 나를 추천했지만 수원시가 방송단에 지원을 하면서 문제가 더 애매해졌다. 결국 나는 방송단이 모두 함께 가는 5월 제주 워크숍에 참석하지 못했다.

회사에서 모두 난리다.

얼마 전 서점 직원이 판매대 앞에 잔뜩 쌓여 있던 책을 쓸어 봉투에 담는 걸 봤다. 판매가 뜻대로 되지 않았나 보다. 순간 작가가 이 책을 쓰려고 얼마나 고민했을까 애틋한 마음이 들어 봉투에 담겨 있던 책을 하나 꺼내 사왔다. 한참 잊고 있었는데 갑자기 생각나 책장에서 꺼내 들었다. 요즘은 지방 출장이 많아서 책 읽을 시간을 만들기가 힘들다. 그나마 이동 중인 기차 안이나 역에서 대기하는 순간이 책을 읽는 달콤한 시간이다. 이때 읽기엔 외투 주머니에 슬쩍 넣을 수 있는 얇은 책이 제격인데, 이 책은 주머니에 안 들어간다.

포장을 뜯어보니 시커먼 표지가 인상적이고 필사를 위한 노트가 덤으로 껴 있었다. 포장조차 안 뜯었다니 내가 너무 무심했다. 상당히 짧은 서문이 보였고 구어체 문장이 무뚝뚝했지만 산뜻했다. 표지에 두른 광고지를 보고선 배우가 썼다는데 그저 내가 경험하지 못한 화려하고 특별한 일상을 보게 되려나 생각했다. 하지만 읽고 보니 책에는 단역부터 시작한 작가의 일상이 고스란히 들어 있었다. 화려하기는커녕 궁핍하고 궁상맞았다. 작가의 말투를 녹여낸 것 같은 문장이 재미있었다. 말투로 보아 작가는 이제 30대에 들어섰을 것 같은데 요즘말로 웃폈다.

> "삼류 단역 엑스트라 새끼야, 밥도 안 처먹는 게 냉장고는 왜
> 이렇게 좋은 걸 샀냐?"
> "〈냉장고를 부탁해〉 나갈 수도 있잖아."
> "취미가 실연인 새끼가 침대는 왜 이렇게 큰 걸 샀냐?"
> "〈나 혼자 산다〉 나갈 수도 있잖아."
> "프론데? 뭔가 준비된 코미디언 느낌이야."
> ─박정민, 『쓸 만한 인간』, 상상출판, 2016, 160쪽.

조금만 더 보고 덮으려다 123쪽을 읽고는 생각을 고쳐먹
었다. 아무래도 방송에서 읽어야겠다고. 이 책을 읽으면 젊
은 사람들이 얼마나 치열하게 사는지, 어떻게 생각하는지
이해할 수 있을 것 같았다. 시장에는 어르신들이 많다. 시장
골목에 머리색이라도 튀는 젊은 사람이 지나가면 꽁무니를
따라가는 어른들의 시선이 느껴진다. 물론 관심의 표현이
다. 하지만 시장을 처음 지나는 젊은 사람들에겐 부담이겠
지. 서로를 잘 몰라서 배려하지 못할 수 있지 않을까? 이번
엔 시장방송에서 좀 다른 모습이나 생각을 읽어도 좋을 것
같다.

지금 서로 다른 목적으로 열심히 남의 돈을 버는 20대가 많을 것이다. 그들을 고용하는 이들에게 부탁드린다. 부디 그 20대의 고귀한 능력을 쉽게 보지 않았으면 한다. 그들은 30대에 빛나기 위해 20대에 5천원이 겨우 넘는 시급과 타협하는 거다. 결코 그들의 능력이 시급 5천원짜리가 아니란 걸 알아두었으면 한다. 결코 그들을 찍으면 간단하게 가격이 매겨지는 바코드로 생각하지 마시길 바란다. 그들이 바코드밖에 못 찍어서 바코드를 찍고 있는 게 아니다. 그리고 열정페이 같은 소리는 하지도 마라.

-박정민, 『쓸 만한 인간』, 상상출판, 2016, 123쪽.

가끔 사람들의 노력을 당연한 것으로 생각할 때가 있다. 편의점 판매대 학생들도 늘 즐거워서 웃는 건 아닐 테다. 나도 지금보다 젊을 때 '열정페이', '재능기부' 이런 말을 많이 들었던 것 같다. 정말 사회적인 단어지만 가끔 '당신은 미천해서 돈을 받을 정도가 아니니 일을 주는 것만으로 만족하라'는 말로 들린다. 사람들의 열정이나 노력은 아무리 작아도 당연하지 않다. 박정민이라고 했나 책을 다 읽고 젊은 작가가 달리 보여 출연한 영화를 몰아 봤다. 영화 '동주'에서 송몽규를 연기한 모습이 제일 인상적이었다. 아무래도 이 책 나중에라도 대박이 날 것 같다.

2018. 6. 12.

　역사에 남을 것 같은 날이었다. 오늘 오전에 싱가포르에서 북미정상회담이 열렸고 종일 북한 김정은 주석과 미국 트럼프 대통령이 텔레비전에 나왔다. 게다가 기념할 날이 연달아 남아 있었다. 내일은 지자체장을 결정하는 선거일이고 모레는 러시아 월드컵 개막일이다. 오늘로서 끝날 역사도 아니었다.

　이런 역사적인 날에 '쓸 만한' 인간에 대해 논하는 난센스를 보여주자. 오늘 읽은 책은 배우 박정민의 『쓸 만한 인간』이었다. 시작도 하기 전에 꽤 재미난 기분이 됐다. 기계도 괜찮았다. 무엇보다 오늘은 양손에 비장의 무기도 들었다. 가슴이 두근두근했지만 눈을 부릅뜨고 입을 일자로 만들고 갔다. 왠지 근엄한 표정도 지을 줄 안다고 보여주고 싶었다.

　얼마 전 부서 차장님이 농식품부 '플라스틱 사용 줄이기' 캠페인 일환으로 장바구니를 시장에서 나눠주면 좋겠다며 예산을 집행해 사서 주셨다. 한 보따리 안겨주시며 맘대로 쓰라셨다. 엄밀히 말하면 회사의 친환경 사업을 집행하며

일을 던져주신 거였지만 차장님 마음이 고마웠다. 엉뚱한
데 쓰지 않을 거라는, 의미 있는 계획과 결과를 챙겨 올 거라
는 믿음을 돌려받은 것 같았다. 내게 '쓸 만한 인간'이 있다
면 바로 이런 동료나 상사가 아닐까. 아무튼 부서에서 뭘 챙
겨주신 적이 처음이라 오늘은 내게도 역사적인 날이었다.

못골시장은 엄청 북적였다. 이제 알았지만 못골시장 방송
시스템으로도 '보이는 라디오'를 송출할 수 있었다. 영상 시
스템은 처음 만져보아 조금 떨렸지만, 포커싱을 맞추고 화
면을 조정하니 자신감이 좀 생겼다. 오늘은 카메라가 아주
중요했다. 방송 내내 장바구니를 보여드릴 예정이었다. 자
폐 장애인들이 그린 그림을 넣어 만들었다는데 디자인이 참
예뻤다.

상인분들 신청곡도 있었고, 늘 그렇듯 몇 번 발음이 꼬였
지만 무난히 방송을 마쳤다. 책을 열심히 읽었는데 얼마나
맛깔나게 들렸는지는 모르겠다. 듣고는 계신가.

이벤트 시간이 되자 못골카페가 사람들로 가득 찼다. 방
송을 듣고 이 시간을 기다리고 계셨던 것 같다. 상인분들도
보였고 고객분들도 있었다. 장바구니를 나눠드리기 시작하

자 나보다 카페 사장님 얼굴이 더 근엄해졌다. "줄을 서세요!" 큰소리로 말하곤 내 손에서 장바구니를 뺏어 하나씩 나눠주셨다. 예쁘다고 더 달라는 분도 있었고, 오늘 산 물건을 모두 담아보고는 탄탄하다고 칭찬하는 분들도 있었다. 받아들고 춤을 추는 어르신도 있었다. 전통시장에서 나눠주는 장바구니가 코스트O 것보다 좋다며 이제 시장으로 와야겠다는 말씀을 들었을 땐 가슴이 또 두근두근했다. 시장에 맞는 선물을 가져온 것 같았다.

오늘 내가 사람들에게 쓸 만했는지는 잘 모르겠지만 적어도 여럿과 어울리니 근심과 걱정이 다 날아간 듯 머리가 가벼워졌다.

2018. 6. 13.

남문시장 방송국이 정관을 완성했다. 방송국 이름, 운영방식, 운영비 등 정할 게 너무 많았다. 상인 디제이가 중심이고 상인회와 디제이가 함께 운영한다는 사실이 중심 내용이었다. 감동적이게도 방송국이 정관 마지막에 특별조항을 만들어 내 이름을 박아주셨다. 제주 사건을 생각하신 모양이었다. 사소하다면 사소할 수 있지만 아껴주신다는 느낌이 들었다. 감사하다.

사춘기 『빨간 머리 앤』

2018. 7. 14.

___

　대본을 쓰며 텔레비전 축구 중계를 흘끔거렸다. 오늘은 밤 11시부터 3, 4위전으로 벨기에와 잉글랜드가 붙었다. 내가 지켜본 경기에서 응원한 팀은 자주 졌다. 나 말고도 이런 사람들이 많을 것 같은데, 오늘 결과도 역시다. 오늘 나는 잉글랜드를 응원했고 졌다. 벨기에가 3위고, 잉글랜드가 4위다. 어차피 우리나라가 순위 결정을 위해 경기에 나선 것이 아니라서 부담 없이 응원했다. 월요일 밤 결승 경기로 1위와 2위가 결정될 거다. 이번엔 프랑스와 크로아티아가 붙는다. 결승까지 텔레비전 앞 관람석을 지켜 좀비가 될 것인가. 아니면 월드컵 따위 무시하고 사람답게 대본이나 마무리할 것인가. 그것이 문제다.

　이번 방송에서 읽을 책은 루시 모드 몽고메리의 명작동화 『빨간 머리 앤』, 아니 『초록 지붕 집의 앤: ANNE of Green Gables』이다.

며칠 전부터 딸아이 잠자리 책읽기(bed-time reading)를 다시 하고 있다. 우리 부부는 딸아이가 초등학교 1학년까지 아주 충실하게 아이의 잠자리를 그림책과 함께 지켰다. 그러다 아이가 학교를 들어간 첫해에 친구에게 처음 맞고 와 눈물바다로 잠든 밤, 그만뒀다. 그 밤엔 책 읽을 시간과 정신적인 여유가 사치처럼 느껴졌다. '우리 딸 몸 하나 건사하지 못하는 엄마 아빠가 책을 끼고 무얼 챙긴단 말인가.' 책 읽을 그 시간에 '그 녀석을 어떻게 응징하나, 합기도라도 가르쳐야 하나' 고민했다. 지금 생각하면 그때 난 초보 학부형으로서 열의만 가득했다. 물론 지금은 아이들끼리의 싸움은 관심거리도 안 된다. 아무튼 그 사건은 며칠 지나 흐지부지 마무리됐고 아이들은 언제 싸웠냐 싶게 다시 친해졌다. 하지만 잠자리 책읽기는 다시 하지 못했다.

이제 졸업반이 된 아이와 책읽기를 다시 시작한 건 아이에게 생긴 호르몬 불균형(사춘기)을 해결해보고 싶은 마음에서였다. 요즘 딸아이는 눈에 띄게 말수가 적어졌고 정말 관심 있는 일이 아니면 웃지도 않는다. 낮엔 우리 부부가 사무실에서 일을 해야 하니 잠자리에 들기까지 얼굴 보기도 힘들다. 그래서 끊어진 동아줄 잇는 마음으로 책읽기를 다시 시작했다. 처음엔 야망 가득 '해리포터' 시리즈에 도전했지만 너무 길어서 에피소드 두 개를 읽고는 던져버렸다. 이번이 두 번째인데 세 장을 읽고 있는 지금 반응이 괜찮다. 책을 읽을 때 아직 이불을 덮어 쓰고 있지만 적어도 중간에 나가라는 말은 안 한다. 부모는 평생 서러운 '을'의 팔자라더니. 아무튼 그 김에 지금 아이 잠자리에서 읽는 책을 방송에서 읽어볼까 하여 대본까지 쓰고 있다.

오늘 비록 내가 응원하는 잉글랜드 축구팀은 경기에서 졌지만 잉글랜드에서 캐나다로 건너온 종족인 모드는 방송으로 다시 살아나길 바란다.

2018. 7. 15.
처음부터 책 제목을 무엇으로 소개할지 고민했다. 원래 제목으로 읽는 게 맞지만 시장 사람들은 일본식 애니메이션에 더 익숙할 것 같다. 역시 『빨간 머리 앤』이 낫겠다. 책에 묘사하는 장면이 많은데 제목에 강렬한 색이 들어가면 어울릴 것 같다. 이 책은 정말 묘사가 많다. 수다쟁이 앤의 성격 그대로다. 이런 책으로 대본을 쓰면 말을 더 만들지 않아도 되어서 좋다. 오히려 줄임말을 만들고 내용을 끊어야 한다.

그래도 어릴 때부터 읽어 내용을 거의 외울 지경이라 좀 낫다. 눈을 감고 떠올려도 처음 읽던 그때 감정을 느낄 수 있다. 내가 벌써 40대 중반이라니. 장 보러 나온 아줌마들은 나와 비슷할 것도 같다. 나는 읽어야 하니 눈을 감을 수 없지만 듣는 사람들이 한번쯤 눈을 감고 들었으면 좋겠다.

2018. 7. 17.

방송하기 전 몽골카페를 둘러봤다. 아침이라 손님은 없었다. 처음 온 게 벌써 2년 전인데 카페 안은 달라진 것이 없었다. 카페 사장님은 2년 전 처음 볼 때부터 지금까지 '조명을 새로 바꿔서 분위기가 좋아졌다'고 하신다. 정작 그 조명은 최근 바꾼 적이 없다. 언젠가 전구라도 바꾸셨겠지. 몽골카페 사장님은 사람들과 같이하는 시간을 참 좋아하신다.

카페 안쪽을 보니 못 보던 작은 북트럭이 놓여 있었다. 사장님께 물어보니 근처 선경도서관*에서 두고 갔단다. 책이 몇 권 꽂혀 있는데 새로운 책은 없고 나머지 칸을 채운 건 대부분 시에서 발간하는 잡지였다. 읽는 사람이 있는지 물었

....

* 선경도서관은 수원 대표도서관으로, 2018년 7월 전통시장을 찾는 사람들이 보다 쉽게 책을 이용할 수 있도록 인근에 위치한 남문시장 내에 4개의 이동형 레인보우 책수레 도서관을 설치하고 100여 권의 책을 비치했다.

는데 모르겠단다. 문체부가 시행한 전화박스나 지하철 역사에 설치했던 서가가 떠올랐다. 이 녀석도 비슷한 운명이 되지 않을까. 나라도 오가며 살펴줘야겠다는 생각이 들었다.

방송하기 전에 항상 회사에 제출할 인증사진을 찍는다. 그런데 오늘 찍은 사진을 보니 내 눈썹이 좀 연해진 것 같다. 지난 6월인가 회사 동료가 문신으로 출근 준비시간을 줄일 수 있다며 눈썹 문신을 추천했고 동료가 시술받았다는 병원에서 나도 문신시술을 받았다. 병원에서 원하는 모양 눈썹을 설명하려는데 시술해 주시는 선생님이 손을 닦겠다며 자리를 비우셨고 시술 전까지 나타나지 않으셨다. 결국 시술을 마칠 때까지 원하는 모습을 설명하지 못했다. 불안은 현실이 됐고 시술이 끝나고 강렬해진 눈썹 색이 몇 달이 지나도록 빠지지 않았다. 거울을 볼 때마다 화들짝 놀랐다. 처음엔 눈치를 보던 회사 동료들도 이젠 앞에서 당당히 대장군 짱구 같다고 웃었다. 그런데 그 눈썹이 오늘 조금 연해진 것 같아 다행인데 슬픈 착각일지도 모르니 조금만 기뻐하겠다.

오늘 읽은 책은 루시 모드 몽고메리의 『빨간 머리 앤』이다. 편안한 마음으로 대본을 썼는데 오히려 읽는 내내 앤의

빨간 머리에 오버랩되는 내 짱구 눈썹을 잊을 수가 없었다. 슬프지만 왠지 웃음이 나와 혼자 키득거렸다. 잠자리에서 아이에게 읽어주던 구절을 중심으로 최대한 즐겁게 읽으려고 노력했다. 이미 여러 번 연습한 까닭인지 오늘은 발음이 전처럼 많이 꼬이지도 않았다.

방송이 끝났는데 방송에 대한 반응이 없었다. 보통은 "오늘 방송 좋았어", "소리가 좀 컸어"처럼 소소하게라도 인사를 건네셨는데 말이다. 녹음파일을 들어봤는데 지난 방송과 크게 달라진 점도 없었다. 어제 건강검진을 해서 목이 좀 건조했지만 발음이나 목소리는 나왔다. 처음 바람처럼 정말 시장 사람들이 눈을 감고 들었는지도 모르지만 시장의 침묵이 내 마음에 의심을 잔뜩 불러일으켰다. 그냥 마음이라도 편한 대로 믿어야겠다. 눈을 감고 귀를 닫고.

어느 날 저녁 앤은 제 방 창가에 앉아 있었다.
과수원마다 다시 분홍 꽃이 피어나고
반짝이는 호수 위 습지에서는 개구리가 맑게 노래했으며
클로버 들판과 전나무숲의 싱그러운 향기가 공기 중에 가득했다.
-루시 모드 몽고메리, 『빨간 머리 앤』, 김양미 역, 인디고, 2015, 290
~291쪽.

100회 기념 방송

2018. 7. 23.

"일을 하다 보면 책임, 사람 관계 등등 여러 가지 생각이 폭발적으로 섞인다. 휴게시간 머리를 한번 털어주고 떠밀리 듯 사무실을 나와 근처 시장을 어슬렁거린다. 입구를 들어 서며 익숙한 짠 내에 이끌려 어묵 꼬치를 하나 물고 이제껏 오늘 저녁 찬거리만 생각한 사람마냥 상점을 뒤지고 다닌 다. 시장 라디오로 요즘 세상 살기 힘들다는 청소년들 이야 기가 흘러나온다. 책 내용 같다. 라디오를 들으며 어슬렁거 리는데 어느새 손엔 검정 봉다리가 주렁주렁 들렸다. 마트 가면 10만원은 족히 써야 살 것들을 3만원에 다 샀다. 집에 가서 아이에게 해줄 라디오 이야기와 저녁 음식을 생각하며 사무실 문을 연다. 왠지 마음이 따뜻하고 뿌듯하다."

시장방송을 시작할 때 '이렇게 방송을 들었으면 좋겠다' 며 상상한 청취자였다. 어설프기 짝이 없지만 이런 청취자 를 보면 '참 행복하겠다', '내가 뭘 해야 할까' 하고 고민했다. 내가 방송하는 동안 이런 청취자가 한 사람이라도 있었을까? 남문시장 방송국이 개국한 지 벌써 1년이 됐단다. 처음 9개나 되는 시장이 모인다는 말을 들었을 때 반신반의했던 마음을 떠올려보면 방송국 멤버들의 지금이 참 장하다.

남문시장 방송이 드디어 100회를 넘었다. 시장방송 특집은 어떤지 구경할 절호의 찬스라며 오늘도 난 몇 십 킬로미터를 운전하며 왔다. 늘 그렇지만 방송국에 도착하면 반쯤 정신이 나간다. 오늘은 손님도 많고 준비할 것도 많았다.

마이크 불이 켜지고 춘우 언니의 큐사인이 난 후부터는 내 입으로 차마 말할 수 없다. 이 한 몸 희생하여. 방송이 끝날 즈음 방송국분들이 '우리 막내들' 오늘 최고였다고 칭찬해 주시니 뿌듯하면서 부끄러웠다. 오늘부터 나와 비슷한 연배의 디제이 한 분과 나는 방송국 '막내들'이 됐다. 우리가 오늘 방송 중에 노래도 하고 춤도 추고 환호성도 지르고 좀 망가졌다. 그나마 젊은 축에 속하는 우리가 시끄러운 분위기를 내야 어르신들이 편안해하실 것 같았다.

사람들에게 조금도 부끄럽지 않다고 말했지만 사실은 지금도 많이 부끄럽다. 알아주시려나, 우리 막내들은 오늘도 장난스럽지만 두 손 모아 축하하는 마음이었다.

① 못골시장 방송팀 송년회(2017년), ② 못골시장 방송실 녹음방송 안내,
③ 남문시장 방송국(3층)이 위치한 건물

① 남문시장 방송국 개국 운영자 회의(2017. 11.),
② 남문시장 방송 운영자 교육-경기방송 라디오 출연(2017. 11.)

① 남문시장 방송 송출 시스템, ② 남문시장 방송 준비 중, ③ 남문시장 방송국 개국 1주년 기념방송(2018. 7. 23.), ④ 남문시장 방송 개국 1주년 기념방송 플래카드

32회 『쓸 만한 인간』 방송. 친환경 장바구니 나눔 이벤트(2018. 6. 12.)

『낭송 열하일기』

2018. 3. 27.

멘트 안녕하세요? 한국농수산식품유통공사 농식품전문자료실 이은정입니다. 지난 시간엔 다른 나라 사람이 본 우리 문화에 대한 책을 읽어드렸죠. 기억나십니까? 오늘은요, 우리나라 옛사람이 본 다른 문화 이야기를 읽어드리려고 해요. 먼저 노래 한 곡 들을게요.

음악 : '공원여행' / 페퍼톤스

멘트 오늘은 새해 된 기념으로 고전 한번 읽어드리겠습니다. 예전에 조선시대 정조가 키운 서얼 4인방 북학파 이덕무의 이야기를 읽어드린 적이 있는데요. 그 북학파의 사부님이 두 명이 있었죠. 오늘 가져온 책은요, 그중 한 명인 연암 박지원의 대표작 『낭송 열하일기』(북드라망)입니다. 이 『낭송 열하일기』는 박지원이 사신단으로 중국 열하를 다녀온 여행기인데요. 18세기 당시 중국 청나라의 새로운 문화를 경험하고 돌아온 연암의 꼼꼼한 관찰기와 그 특유의 재미난 문장들로 이슈가 됐어요. 제가 꼭 한번은 조선 정조가 만든 이 시장에서 정조가 키운 박지원의 『열하일기』를 읽어드리고 싶었습니다. 드디어 들고 왔습니다. 오늘은요, 연암 전문가죠. 고미숙 선생이 2014년에 기획한 편집본 『낭송 열하일기』를 가져왔어요. 서문부터 읽어드릴게요.

《책읽기》

〈자유인 박지원의 종횡무진 글쓰기, 촌철살인 관찰기〉 18세기 조선 지식인들은 연행을 다녀오면서 눈부신 청나라 문명에 내심 놀랄 수밖에 없었다. 실제 청나라는 생각한 것과 너무 달랐기 때문이다. 그러나 조선 지식인들은 청나라의 현재를 수용할 수 없었다. '북벌'이라는 대의를 버릴 수 없었으므로 청나라에 대해서도 이전의 시선(누린내 나는 야만의 나라, 변발한 오랑캐 만주족의 나라)을 고수했던 것이다. 그러던 중 오랑캐라는 관념을 벗어던지고, 청나라의 문명 상태를 있는 그대로 전한 선발주자가 있었으니, 그가 바로 담헌 홍대용이다. 홍대용은 1765년 서른다섯 살에 (……) 중국에 다녀와 『연행록』을 썼고, 연경에서 청나라 지식인들과 주고받은 대화를 『건정동필담』이란 제목으로 정리했다. —11쪽.

(……) 그뒤 이덕무, 유득공, 박제가가 1778년 사은사 체제공을 따라 연경에 다녀온다. 박제가는 연행을 다녀온 직후 『북학의』

를 써서 청나라를 배워야 조선이 문명국이 될 수 있음을 강력하게 피력한다. 청나라로부터 배우자는 '북학'은 박제가에게서 본격화된다. -12쪽.

(……) 이들은 모두 연암 박지원의 친구들이었다. 연암은 청나라를 체험한 친구들로부터 많은 이야기를 들으면서 조선의 현실과 청나라의 현재를 비교할 수 있었다. (……) 내심 청나라 땅을 직접 밟아 보고 싶었던 연암에게도 기회가 왔다. 1780년, 삼종형 박명원이 건륭황제의 만수절 축하 사절단으로 중국에 가면서 박지원을 자제군관으로 데려가게 된 것이다. -13쪽.

(……) 박지원이 연행을 끝내고 돌아올 때, 그의 큰 보따리에는 오직 벼루, 붓, 일기와 중국인들과 필담한 종이만이 가득했다. 그리고 돌아와 3년여의 시간을 들여 『열하일기』를 완성한다. 『열하일기』는 1780년 5월에 길을 떠나 압록강에서 북경, 북경에서 열하, 열하에서 다시 북경, 북경에서 압록강으로 귀국하는 장장 6개월에 걸친 중국 대장정에 대한 기록이다. -14쪽.

(……) 지식인들은 『열하일기』에 당황하고, 매혹되고, 열광했다. 그 어떤 반응이든 화제를 불러온 이유는 『열하일기』가 새로운 글쓰기였기 때문이었다. 도저히 규정할 수 없는 양식으로 이루어진 여행기. (……) 어느 한 분야로 묶을 수도 없는 종횡무진의 글쓰기. 방대하고 세세한 관찰의 결정판. 그것이 『열하일기』

였다. —15쪽.

(……) 연암이 가장 좋아한 말은 무엇일까? 그리고 사람들에게 받고 싶었던 응답은 무엇일까? 바로 포복절도! 조선시대 문장가 중에 연암처럼 웃기는 문장가는 찾기 어렵다. —18~19쪽.

(……) 『낭송 열하일기』는 북드라망 출판사에서 간행한 『열하일기』의 편역본 『세계 최고의 여행기 열하일기』(고미숙, 길진숙, 김풍기 공역, 전2권) 번역본을 저본으로 삼아 낭송에 적합한 글들을 뽑았고, 이 글들에 약간의 윤문만 더했다. —21쪽.

멘트 연행은 지금도 중국의 수도죠. 북경입니다. 당시 조선의 사신단은 황제가 주로 있는 북경을 가서는 거기에만 있다가 오곤 했어요. 연암 이전에는 열하를 가본 사람이 없었죠. 이런 점에선 박지원은 정말 행운아였던 거죠. 그나저나 박지원이 사람들에게 말을 하고 기대한 것이 포복절도였다니요. 재미난 사람인 것 같아요. 노래 한 곡 듣겠습니다.

음악 : '너 때문에' / UV

멘트 지금 방송은 한국농수산식품유통공사 농식품전문자료실 이은정이 진행하는 '책, 그것이 알고 싶다' 입니다. 오늘은 연암 박지원의 『낭송 열하일기』를 읽고 있습니다. 이 책은 오래전에 쓰인 책이니까요. 당시 상황을 좀 설명해드릴게요. 열하는 중국 북경의 하북성 안에 있는 연못 이름입니다. 하북성은 한국으로 말하면 경기도쯤 될까요. 이 하북성에는 황제의 피서용 산장이 있었는데요. 조선 1780년 정조 4년에 박지원은 청나라 건륭제의 70세 생일연에 참석하기 위한 사신단으로 중국을 다녀옵니다. 사신단은 5월 말 한양을 출발해서 압록강을 건넌 뒤 요동 벌판을 거쳐서 8월 초 북경에 도착하는데요. 글쎄, 황제가 피서지에 가 있지 뭐예요. 덕분에 황제 특명으로 사신단은 다시 만리장성을 건너서 열하까지 갔다가 다시 북경으로 돌아와 약 한 달 동안 머문 뒤에 10월 말에 귀국합니다. 당시 박지원이 세계적인 제국으로 발전한 청나라의 실상을 직접 목격하고 이를 생생하게 기록하는데요. 그 여행기가 바로 『열하일기』예요. 조선 시대에 차가 있나요 비행기가 있나요. 사신단이 여행길에 아주 고생고생을 했다고 합니다. 가는 길에 고생한 이야기 한 꼭지 읽어드릴게요.

(책읽기)

〈요동벌, 훌륭한 울음터로다〉 불어났던 시냇물이 조금 줄어서,

길을 떠나기로 했다. 나는 정사의 가마에 함께 타고 건넜다. 하인 삼십여 명이 알몸으로 가마를 메고 건너다가 강 한가운데 물살이 센 곳에 이르자 별안간 왼쪽으로 기우뚱하여 거의 떨어질 뻔했다. 정말 위태롭기 짝이 없는 상황이었다. (……) 건너편 강 언덕으로 올라가서 강을 건너는 사람들을 바라보았다. 다른 사람의 목을 타고 건너기도 하고, 좌우에서 서로 부축하여 건너기도 하며, (……) 건너는 이들은 모두 머리를 쳐들고 하늘만 바라보거나, 두 눈을 꼭 감고 있거나, 혹은 억지로 웃음을 짓기도 한다. (……) 2리를 더 가서 말을 타고 강을 건넜다. 강이 그리 넓지는 않지만 어제 건넜던 곳보다 물살이 훨씬 세다. (……) 말을 모는 소리조차 '오호' 하고 탄식하는 소리처럼 구슬프게 들린다. 말이 강 한가운데 이르자, 갑자기 말 몸뚱이가 왼쪽으로 쏠린다. 대개 말의 배가 물에 잠기면 네 발굽이 저절로 뜨기 때문에 말은 비스듬히 누워서 건너게 된다. 나도 모르는 사이에 내 몸이 오른쪽으로 기울어져 하마터면 물에 빠질 뻔하였다. 마침 앞에 말꼬리가 물 위에 둥둥 떠서 흩어져 있다. 급한 김에 그걸 붙들고 몸을 가누어 고쳐 앉아서 겨우 빠지는 걸 면했다. 휴~ 나도 내 자신이 이토록 날랠 줄은 생각지도 못했다. −44~46쪽.

정사와 가마를 함께 타고 삼류하를 건넜다. (……) 산모롱이에 가려 백탑은 아직 보이지 않는다. (……) 수십 걸음도 못 가서 모

룽이를 막 벗어나자 눈앞이 어른어른 하면서 갑자기 한 무더기
의 검은 공들이 오르락내리락한다. 나는 오늘에야 알았다. 인생
이란 본시 어디에도 의탁할 데 없이 하늘을 이고 땅을 밟은 채
떠돌 뿐이라는 사실을. 말을 세우고 사방을 돌아보다가, 나도 모
르는 사이에 손을 들어 이마에 얹고 이렇게 외쳤다. "훌륭한 울
음터로다! 크게 한번 통곡할 만한 곳이로구나!" –47~48쪽.

멘트 사신단이 압록강을 건너고 삼류하를 건너서 드디어 요
동벌판에 들어섰네요. 고된 길 끝에 나타난 넓은 요동
벌판이 얼마나 감동적이었을까요. 감탄사가 "한바탕
통곡할 만한 땅이구나"라니 참 특이합니다. 노래 한 곡
듣겠습니다.

음악 : '내 눈물 모아' / 린

멘트 지금 방송은 한국농수산식품유통공사 농식품전문자료
실 이은정이 진행하는 '책, 그것이 알고 싶다'입니다.
오늘은 연암 박지원의 『낭송 열하일기』를 읽고 있습니
다. 눈치채셨는지 모르겠는데요. 박지원은 정조도 못
말리는 장난꾸러기였어요. 당시 글쓰기로 다산 정약용
이랑 자주 비교가 되었다는데요. 연암 박지원이 스릴러
를 쓰듯이 글을 썼다면 정약용은 반듯한 공문서처럼 글

을 썼다고 합니다. 박지원의 글을 조선 사람들이 얼마나 낯설어했냐면요, 정조가 한동안 박지원한테 그렇게 저속하게 쓰려거든 아예 글을 쓰지 말라고 명을 내리기도 했다고 합니다. 뭐 지금 제가 보기엔 재미나게 잘 썼는데요. 아무튼 사신단이 우여곡절 끝에 북경에 도착합니다. 도착해보니 신기한 게 너무 많은 거죠. 신기한 물건, 문화 이야기를 많이 썼는데요. 그중 하나 읽어드릴게요.

(책읽기)

〈중국의 제일 장관은 기와 조각과 똥덩어리에 있다〉 나는 비록 삼류 선비지만 감히 말하리라. "중국의 제일 장관은 저 기와 조각에 있고, 저 똥덩어리에 있다." 대체로 깨진 기와 조각은 천하에 쓸모없는 물건이다. 그러나 민가에서 담을 쌓을 때 어깨 높이 위쪽으로 깨진 기와 조각을 둘씩둘씩 짝을 지어 물결무늬를 만들거나, 혹은 네 조각을 모아 쇠사슬 모양을 만들거나, 또는 네 조각을 등지게 하여 노나라 엽전 모양처럼 만든다. 그러면 구멍이 찬란하게 뚫리어 안팎이 서로 비추게 된다. 깨진 기와 조각도 알뜰하게 사용하기 때문에 천하의 무늬를 여기에 다 새길 수 있었던 것이다. 그런가 하면, 가난하여 뜰 앞에 벽돌을 깔 형편이 안 되는 집들은 여러 빛깔의 유리기와 조각과 시냇가의 둥근 조약돌을 주워다가 꽃·나무·새·짐승 모양을 아로새겨 깔아 놓는다. 비올 때 진창이 되는 것을 막기 위함이다. 기와 조각 하나, 조약돌 하나도 버리지 않고 고루 활용했기 때문에 천하의 아름다운 모양을 다 갖출 수 있었던 것이다. 똥오줌은 아주 더러운 물건이다. 그러나 거름으로 쓸 때는 금덩어리라도 되는 양 아까워한다. 한 덩어리도 길바닥에 흘리지 않을뿐더러, 말똥을 모으기 위해 삼태기를 받쳐 들고 말 꼬리를 따라다니기까지 한다. 똥을 모아서는 네모반듯하게 쌓거나, 혹은 팔각으로 혹은 육각으로 또는 누각이나 돈대 모양으로 쌓아 올린다. 똥덩어리를 처리하는 방식만 보아도 천하의 제도가 다 여기에 갖추어져 있음을 알 수 있다. 그러므로 나는 말하리라. "저 기와 조각이나 똥덩어리야말로 진정 장관이다. 어찌 성지, 궁실, 누대, (……) 광막한 벌판, 아스라한 안개 숲만 장관이라고 할 것인가." -58~59쪽.

멘트 옛날 중국에서는 말똥을 도형 모양으로 뭉쳐 말리고 레고처럼 잘 쌓아두고 거름으로 사용했다고 하죠. 그걸 보고 신기했던 모양입니다. 미천함과 미천하지 않음이 한 끝 차이였던 거죠. 노래 한 곡 듣겠습니다.

음악 : 'Found U' / Deepshower

멘트 지금 방송은 한국농수산식품유통공사 농식품전문자료실 이은정이 진행하는 '책, 그것이 알고 싶다' 입니다. 오늘은 연암 박지원의 『낭송 열하일기』를 읽고 있습니다. 남문시장 상인 그리고 고객 여러분은 생사를 건 외국 여행을 해보신 적이 있으세요? 『낭송 열하일기』를 쓴 연암은 사신단을 따라 중국을 여행했지만 사실 여행이라고 하기엔 남의 나라 정치 상황을 잘 모르니 불안하기도 하고 똑똑한 양반들이 엄청 좌충우돌하며 다녔던 것 같아요. 박지원과 사신단은 청나라 황제 생일잔치에 참석하려고 간 건데 죽을 고생을 해서 북경에 도착해보니 때마침 황제가 피서지로 떠나고 없는 거죠. 기다릴 수도 없고 명령이 없으면 따라갈 수도 없고요. 당황했죠. 그 이야기를 읽어드릴게요.

(책읽기)

〈열하 대소동〉 초나흗날, 밖으로 구경을 나갔다. 저녁 무렵 취하여 돌아와서 이내 곤히 잠들었다가 밤중이 되어서야 잠깐 깼다. 옆 사람들은 이미 깊이 잠든 뒤였다. 목이 몹시 말라 상방에 가서 물을 찾았다. 방 안에 촛불을 밝혔더니, 정사가 인기척을 듣고는 나를 불렀다. "아까 잠깐 졸았는데, 꿈결에 열하로 갔지

뭔가. 여정이 생시처럼 또렷하네그려." "길에 오르신 뒤로 늘 열하 생각을 놓지 않고 계시다보니, 꿈에서까지 나타나는 게지요." 물을 마시고 돌아와선 이내 코까지 골며 잠이 들었다. 꿈결에 별안간 요란스런 소리가 들려왔다. 뭇 사람들의 벽돌 밟는 발자국 소리가 마치 담이 무너지는 듯, 집이 쓰러지는 듯 어지럽기 짝이 없다. 깜짝 놀라 벌떡 일어나 앉으니, 머리가 어지럽고 가슴이 두근두근한다. 하루 종일 돌아다니다 밤에 돌아와 누우면 매일 관문이 굳게 잠겼다는 사실이 떠올라 마음이 울적하여 갖가지 망념에 사로잡히곤 했다. 이를테면, 옛날 원나라의 순제가 북으로 도망갈 때 느닷없이 고려의 사신을 본국으로 돌아가게 했는데 고려 사신은 관문을 나선 뒤에야 비로소 명의 군대가 온 천하를 차지했음을 알았다. (……) 어젯밤에 내가 변계함하고 래원과 이 이야기를 하며 서로 웃었거늘, 이제 저렇듯 발자국 소리가 요란하니 어찌 놀라지 않겠는가. 영문은 모르겠으나 큰 변고가 생긴 것만은 틀림없지 싶었다. 황급히 옷을 주워 입고 있는데, 시대가 고꾸라지듯 달려왔다. "곧 열하로 떠나게 되었답니다!" 그제야 래원과 변계함도 화들짝 놀라 일어나며, 아닌 밤중에 홍두깨를 맞은 듯, "관에 불이 났소?" 한다. 순간 장난기가 발동하여 "아, 글쎄. 황제가 열하에 거둥하여 연경이 비는 바람에 몽고 기병 십만 명이 쳐들어왔다는군" 하자, 둘은 기겁을 하며 서로 부둥켜안고는 소리를 질러 댄다. (……) 사연인즉 이러했다. 황제가 날마다 조선 사신을 기다리다가 사신이 왔다는 보고는 받았으나, 예부가 조선 사신을 열하 행재소로 보낼지 말지를 아뢰지도 않은 채 달랑 표자문만 올린 사실을 알고는 노발대발하여 감봉 처분을 내렸다. 그러자 상서 이하 예부의 관원들이 몸둘 바를 몰라 우왕좌왕하면서 우리 사신들에게 당장 짐을 꾸려 열하로 떠나라고 재촉하게 된 것이다. −128~130쪽.

멘트 한시가 다급한 정치 상황인데 이 와중에 전쟁 났다고 동료들을 골려먹는 여유를 부리네요. 아무튼 이 새벽에 박지원과 사신단은 말을 달려 하룻밤에 9개 강을 건너기도 하고 나흘을 잠을 안 자기도 하면서 열하에 도착합니다. 노래 한 곡 듣겠습니다.

음악 : '아주 멀지 않은 날에' / 멜로망스

멘트 지금 방송은 한국농수산식품유통공사 농식품전문자료실 이은정이 진행하는 '책, 그것이 알고 싶다' 입니다. 오늘은 연암 박지원의 『낭송 열하일기』를 읽고 있습니다. 우여곡절 끝에 열하에 도착한 사신단은 드디어 황제를 만납니다. 황제를 만난 사신단은 역시 청나라 문화에 익숙하지 않았어요. 황제가 스승으로 모시는 티벳

의 판첸라마도 알현하는데요. 지금은 달라이라마라고
하죠. 황제한테 잘 보이려면 라마 문화에 예의를 표시
해야 하는데 고민에 빠집니다. 당시 조선 사람들은 청
나라나 티베트를 오랑캐라고 낮잡아 부르면서 이들 문
화에도 약간 반감을 갖고 있었거든요. 그 이야기 읽어
드릴게요.

(책읽기)

〈판첸라마 접견, 불경하리라!〉 군기대신이 말하기를, 황제도 머
리를 조아리고 황제의 여섯째 아들도 머리를 조아리며 부마도
머리를 조아리는 마당에 조선 사신도 머리를 조아려 절을 올리
는 게 마땅하다고 했다. 사신은 이 문제 때문에 이미 아침에 예
부와 한바탕 설전을 벌였다. (……) 사신은 거세게 항의했지만,
예부에서도 뜻을 굽히지 않았다. (……) 마침내 상서 덕보가 화
가 머리 꼭대기까지 올라 모자를 벗어 땅에 집어던지고는 캉 위
로 쓰러지면서 언성을 높였다. (……) 이렇게 한바탕 소동을 피
운 다음, (……) 제독이 사신을 인도하여 반선 앞에까지 이르렀
다. (……) 군기대신이 오림포에게 눈짓을 하였다. 사신에게 절
을 하라는 신호를 보낸 것이다. 하지만 사신은 이를 알아차리지
못하고 머뭇머뭇 물러서더니 몽고왕의 아랫자리에 앉았다. 앉

을 때는 허리를 조금 구부리고 소매를 대충 들어 올린 다음, 털썩 앉아 버렸다. 군기대신이 당혹해하는 기색이 역력했으나 이미 앉아 버린 뒤라 아예 못 본 체하였다. −166~167쪽.

〈판첸라마의 하사품이 문제로다〉 그런 중에도 라마 수십 명이 붉고 푸른 갖가지 색깔의 모직과 붉은 보료, 서번의 향과 조그마한 황금 불상을 메고 와서 등급대로 선물을 나누어 준다. 그러자 군기대신은 받들고 있던 수건으로 불상을 싸서 사신에게 넘겼다. 사신은 일어서서 밖으로 나왔다. (······) 이윽고 사신 일행은 문을 나왔다. 한 오륙십 보쯤 가서 절벽을 등지고 소나무 그늘이 진 모래 위에 둘러앉았다. 밥을 먹으면서 사신이 고심을 털어 놓았다.

"우리들이 번승을 대하는 예절이 너무 거칠고 거만해서, 예부의 지도에 많이 어긋나고 말았어. (······) 우리에게 뭔가 불이익이 없을 수 없을 게야. 그가 하사한 선물을 거절하면 불경함이 가중될 터이고, 받자니 대의명분에 어긋나니, 장차 이를 어찌하면 좋을꼬?" −166~170쪽.

멘트 사신단 정도 되면 참 엘리트 집단이었을 텐데요. 불교를 적대시하던 조선 국책에 황금불상 선물은 난감했던 거죠. 선물 받은 불상은 어떻게 했을까요? 결론부터 말씀드리면요. 돌아오는 길에 '버렸어요.' (웃음) 그럼에도 다행히 사신단은 열하에서 조선으로 무사히 돌아올 수 있었는데요. 그 다급한 시간에도 코끼리도 구경하고 마술사도 보고 사람들이랑 토론도 하고요. 연암은 그 경험을 꼼꼼하게 기록으로 남겨 가져왔습니다. 오늘날 조선 사신단이 실수 연발하며 허둥지둥 다닌 모양새를 책으로 읽을 수 있는 건 연암 박지원의 장난기 덕인 것 같네요. 조선시대 다른 책엔 이런 거 안 써 있거든요. 아마도 박지원은 이 책을 쓰면서 상대를 배척하는 말이나 행동을 다시 생각해보자는 말을 하고 싶었는지도 몰라요. 오늘 읽어드린 박지원의 『낭송 열하일기』 어떠셨어요? 이 책은 사서삼경 같은 고전이랑 다르게 여행기라 내용이 다채롭고, 비교적 쉬워요. 시간 되시면 『낭송 열하일기』의 나머지도 읽어보시길 권해드립니다. 건강하게 오늘 보내세요. 지금까지 한국농수산식품유통공사 농식품전문자료실 이은정이었습니다. 감사합니다.

음악 : '약속해요' / 워너원

책읽기 출처 : 박지원, 『낭송 열하일기』, 북드라망, 2014에서 인용.

4부

방송을 넘어

연결된 농식품 독서

2018. 11. 11.

    연말이지만 송년회에 참석하는 횟수는 다섯 손가락 안에 꼽을 정도다. 단체를 대표하는 일이 사람답게 말하지 못하고 먹지 못하고 잠자지 못하게 한다. 생각이라도 멈추면 야생동물처럼 살겠는데, 번잡해지니 피골이 상접할 따름이다. 요즘 더 통통해진 것 같다고 말씀하시는 분들이 있어, 피곤해 얼굴이 붓는 것이니 오해하시면 곤란하다 말씀드렸다. 연말인데 마음이 전혀 여유롭지 않으니 이번 방송도 서점에 가지 못하고 집의 책꽂이에서 책을 고르는 수밖에 없다. 틈나는 대로 집 책장을 새 책들로 바꿔놔야겠다. 급할 때 집에서라도 그럴듯한 책을 고를 수 있다면 좋겠다.

    연말이니 이번 방송은 '친환경+절약'을 주제로 할까 생각했다. 책장을 둘러보다 눈에 띈 책이 사회운동가 고금숙의 『망원동 에코 하우스』였다. 한 도시 여자가 집 안팎의 생활을 자연으로 되돌리기 위해 고군분투하는 이야기다. 2015년에 출판됐으니 속되게 '조금 된' 책이지만 2018년 지금도 작가처럼 번거로움을 사서 사는 사람이 많지 않을 것 같다. 그래서 내용에 희소성이 있다. 친환경으로 살면 난방비, 전기세, 수도세를 좀 아낄 수 있다고 한다. 우리 집도 겨울이 되면 난방비와 전기세, 관리비를 합쳐서 다달이 30만원이 넘는 돈을 지출한다. 집에 대한 가계 부담이 커지면 불조심에 대한 책이나 에너지를 절약할 수 있는 방법을 찾아 읽어야 한다. 다른 사람들도 나와 비슷하다면 이 책은 이 시기에 읽을 내용으로 맞는데다 환경 친화적이기까지 했다. 이 책으로 대본을 끝까지 쓸 수 있기를 바란다.

2018. 11. 13.

오후 1시에 방송을 시작하려면 두 시간 전에는 방송실에 도착해야 한다. 오늘도 일찌감치 회사를 나선 덕분에 여유 있게 도착했다. 일찍 오면 시장을 한 바퀴 둘러볼 여유가 생긴다. 오늘은 날씨도 적당했다. 남문시장 상인분들이 점점 손님이 줄고 있어서 걱정이라시던데 못골시장은 여전히 사람이 많았다. 요즘 방송을 남문시장 통합방송국과 못골시장 방송실을 오가며 번갈아 하고 있다. 기계를 두루두루 써줘야 탈이 안 날 것 같은 걱정 때문이기도 했지만 가끔은 투명

유리창으로 청취자들을 직접 볼 수 있는 못골시장 방송실이 그리울 때가 있다. 오늘 방송 주제가 친환경이라선지 방송실로 가는 길에 사람들이 하나씩 들고 다니는 플라스틱 봉지가 눈에 들어왔다. 책을 어떻게 읽을까 고민이 됐다.

오늘 읽을 책은 여성단체에서 다년간 일해 온 사회활동가 고금숙의 『망원동 에코 하우스』다.

못골시장 카페에 도착하고 방송실 주변을 눈여겨보게 됐다. 부지런한 못골카페 사장님은 직접 만든 액세서리나 장신구를 카페에 진열해 팔곤 하셨는데, 오늘은 판매대에 못 보던 털모자들이 진열되어 있었다. 디제이는 분홍이라며 분홍색 털모자를 집어 머리에 썼는데, 사장님이 춥다며 그냥 내 머리에 쭉 두라셨다. 모자값을 드리겠다며 따라다니니 성을 내셔서 마음속 외상값 장부에 달아두고 그만뒀다.

요즘 방송은 좀 능구렁이 같다. 방송을 잘하게 됐다기보다 대본이나 기계 조작이 완벽하지 않아도 별 탈 없이 방송하게 됐다. 실수를 해도 실수가 아닌 척 너스레를 떠는 식을 배웠나 보다. 노련해졌다고 표현해도 될까. 방송단장님이 들으면 꼬맹이가 간이 커졌다며 엄청 웃을지 모르겠다.

방송으로 다시 책을 읽었더니 고금숙 작가의 실생활이 어떤지 무척 궁금해졌다. 책에서 본 작가의 생활이 집이나 직장에서 쉽게 실천할 수 있는 친환경 습관들이라니, 나도 집에서 당장 따라 해보고 싶다. 시장분들도 알려드리면 기분 좋게 동참하실 것 같다. 털모자도 이미 친환경 장신구인데 카페 사장님부터 설득해볼까? 방송 내내 분홍 털모자를 쓰고 있다가 벗었더니 머리꼭지에서 김이 났다. 보온력은 진짜 확실했다. 방송 끝나고 그린나물 사장님과 점심을 먹는데 머리가 왜 그리 산발이냐며 원 플러스 원으로 샀다는 트리트먼트를 나눠주셨다. 방송 전에 모자가 생기더니 그 덕에 트리트먼트까지 생겼다. 뜬금없지만 친환경 활동과 나눔이 왠지 잘 어울린다는 생각을 했다.

2018. 11. 30.

오늘은 농식품독서교실*을 여는 날이다. 3년 전부터 우리 자료실은 사무실이 위치한 당수동 인근 초등학생들을 대상

....

* 2015년 aT 농식품전문자료실이 계획한 농식품 독서진흥 사회공헌 세 가지 활동 중 하나다. 세 가지는 농식품 유통 교육 지원을 위한 실물수서 프로그램인 '농식품도서전시', 농식품 유통현장 지원 프로그램인 '전통시장 읽어주는 책 방송', 농식품 미래인재 육성 프로그램인 '농식품독서교실'이다. 농식품독서교실은 농식품 주제 독서와 만들기를 병행한 수업으로, 초등학교 도서관과 연계하여 2016년부터 2019년까지 '식품라벨 및 불량식품 구분', '우리 꽃' 두 가지 주제로 진행했다.

으로 독서교실을 열고 있다. 농식품 독서 진흥을 위한 사회 공헌 활동으로 농식품 주제 만들기와 독서를 병행하는 수업이다. 주로 방학 중 여는 수업이라 작년까지 아이들을 교육원 자료실로 불렀는데 올해부터 내가 학교로 찾아가기로 했다. 추운 날 아이들 이동도 문제였지만 방학에도 학원 가기 바쁜 아이들이라 익숙한 공간이 편하다고 했다.

이번 주제는 '먹는 꽃'이었다. 독서교실 장소에 들어선 아이들과 어른들은 가릴 것 없이 놀라는 눈치였다. 새벽에 양재 꽃시장에서 가져온 꽃향기가 교실에 가득했기 때문이다. 책상에 놓인 꽃, 책, 색연필 등을 바라보는 아이들 얼굴에서 기대를 읽을 수 있었다. 꽃을 이용한 독서교실을 연 건 이번이 처음이었다. 오늘 아이들에게 우리 주변에서 자주 볼 수 있는 자연에 대해 알려줄 기회가 생겼으니 지난번 방송한 친환경 독서의 영향이 있다고 할까. 한 시간 반 동안 아이들은 장식을 만들면서 손에 든 꽃을 정말 먹을 수 있는지 찾아보느라 책장을 연신 넘겼다. 덕분에 수업은 맞냐 아니냐 아이들끼리 토론하는 소리에 아주 시끄러웠다. 내가 의도한 대로였다. 독서가 언제나 고요해야 하는 건 아니다. 아이들의 시끄러운 소리에 웃음이 났다.

사실 오늘 행사는 일정상 개최하기 어려웠다. 얼마 전 중

앙노동위원회 결정으로 우리 노동조합의 교섭 단위가 분리됐고 회사와 본격적으로 협상을 시작했기 때문이다. 몇 주 전 잠깐이지만 올해 독서교실을 쉴까 고민했었다. 그런데 때마침 학교 선생님이 작년보다 많은 아이들이 신청할 것 같다는 전화를 주셨다. 전화를 끊자마자 취소하려는 생각을 접고 다시 바짝 기운을 모았다.

어쨌든 오늘 앉을 자리가 없을 정도로 많은 아이들이 참여했고, 선생님이나 학부모님들의 반응도 좋았다. 다시 생각해도 하길 잘했다. 당수동엔 공공도서관이나 서점이 없어서 아이들이 방학 중에 새 책을 보려면 멀리 차를 타고 나가야 한다. 짧지만 이 시간이 아이들에게 재미난 기억으로 남았으면 좋겠다. 아이들이 재잘거리며 책장을 넘기는 모습이 참 예뻤다.

그런데 나는 행사를 마무리하고 집에 돌아오니 몸이 으슬으슬하고 감기가 올 것 같다. 아침부터 회사 차를 쌩쌩 몰고 다녔더니 몸에 무리가 됐나 보다. 농식품도서전시가 다음 달인데 일단 남은 오늘은 좀 쉬어야겠다.

2018. 12. 3.

올해 농식품도서전시 주제를 '친환경'으로 정했다. 지난

방송에서 읽은 주제가 독서교실로, 또 전시로 이어졌다. 이 도서 전시는 우리 자료실이 주체가 되어 농식품유통교육원 수료생을 대상으로 해마다 한 번씩 열고 있는 실물 수서전이다.

2주 전부터 전시를 준비했는데 자료를 찾다가 문득 친환경과 공동체 활동이 어울린다는 생각을 했다. 인터넷 포털 사이트에서 '공동체'를 검색하니 서울시 마을공동체 이야기를 볼 수 있었다. 망원동, 성수동 등 주로 오래된 시가지에서 조직된 공동체들이 에너지 절약, 난개발 축소 같은 친환경 활동을 한단다. 재미난 내용이 많은데 농식품 독서나 전시와 어떻게 버무려야 할지 좋은 생각이 떠오르지 않았다. 그러다 올해 서울국제도서전에서 '독립출판/서점'이라는 안내판을 보고 신기해했던 기억이 떠올랐다. 다시 찾아보니 독립서점은 서적 유통을 독립적으로 하는 서점을 말하는데 지역을 주제로 하거나 1인 출판을 겸하기도 한단다. 수원에 8군데나 있었고 한 곳은 심지어 농식품과 친환경 전문이었다. 일단 찾아가 보자며 들렀는데, 일반 서점에서 찾기 힘든 진귀한 지역 출판물이나 독립 출판물이 진열되어 있었다.

독립서점과 농식품을 어떻게 엮을지 고민하다가 로컬푸드(지역 농산물)가 떠올랐다. 수도권 소재지가 아니라도 로

컬푸드는 대량 생산이 어렵고 판로가 다양하지 않았다. 더구나 생산 자체를 지속하기가 어려워 주로 자급자족용이 많았다. 독립출판물도 비슷하지 않나. 독립서점이나 작은도서관*에서 꾸린 농식품 독서 동아리와 로컬푸드 생산자가 함께 지역 공동체 활동을 벌인다면 어떨까? 동아리에 참여한 사람들은 싸고 질 좋은 지역 농산물을 얻고, 생산자는 소규모라도 지역 판로를 확보할 수 있다. 물론 참여한 사람들은 책도 읽을 수 있다. 책이 끼면 소위 스토리텔링이 쉬워진다.

한참을 생각에서 방황하다가 현실로 돌아왔다. 약간 허무했지만 내가 수집할 책의 주제가 뚜렷해졌다. 이번 전시 주제는 '친환경 농식품, 그리고 공동체 활동'이다.

2018. 12. 6.

아침 일찍 출근했다. 어제도 전시장을 마무리하느라 저녁

....
* 일반적으로 공공도서관보다 작은 규모의 도서관을 지칭, 2012년 '작은도서관진흥법' 시행령이 발표되고 사립 또는 공공의 단체가 자유롭게 개설한 도서관이라도 공공도서관으로 운영할 경우 정부의 운영비 보조 등을 받을 수 있게 되면서 개수가 늘었다. 2018년 통계에 따르면 작은도서관이 전국 4,000여 관이라고 하는데 1960년대부터 운영한 새마을도서관을 포함한 개수일 것 같다. 일부 지자체에서 작은도서관을 중심으로 공동체 활동 계획을 발표했다. 우리나라 작은도서관은 미국 빌 게이츠의 말(나를 성공시킨 것은 집 앞 작은 도서관이었다.) 때문에 시작됐다는 설도 있는데 사실 무근인데다 게이츠가 정말 그런 말을 했는지도 정확하지 않다.

늦게 퇴근했는데, 이젠 전시장이 집보다 익숙하다. 아침에 100권 남짓 되는 전시 책을 둘러보니 감회가 새로웠다. 전시 일이 임박해서까지도 책을 구하느라 동네 독립서점을 구석구석 찾아다녔고, 자작나무 판을 여러 겹 붙여 만든 책 모양 전시대가 일정에 맞춰 도착하지 않아 발을 동동 굴렀다. 완성된 전시장을 보니 정말 멋졌다. 무엇보다 수집해 온 책이 근사했다.

점심시간이 지나자 사람들이 몰려들었다. 나는 전시 담당자로서 현장을 지키면서 관람자들에게 전시와 책에 대해 설명했다. "다른 전시나 서점에서 볼 수 없는 책을 여기서 보실 수 있습니다"라고 말할 땐 조금 뿌듯한 기분이었다. 사람들이 "이 책 여기서 살 수 있을까요?"라고 물으면 "아쉽지만 여기서 구입하실 수는 없고요. 신청해 주시면 저희가 구입해 대출해 드리겠습니다"라고 대답했다. 흐뭇한 마음을 감출 수 없었다.

이번 전시에서 눈에 띄는 책들이 있었다. 내가 찜한 책들에 사람들의 스티커가 많이 붙어 있었다. 이번 전시는 실물 수서가 목적이라, 관람자들에게 책을 선택하고 스티커를 붙여 달라고 안내했다. 서점 갈 시간도 부족한데 잘됐다. 이번에 전시한 책을 최대한 많이 구입하고 한동안 그 책 가운데에서 골라 시장방송으로 읽어야겠다.

2018. 12. 17.

　이번 방송 책은 블로거인 한수희 작가의 『온전히 나답게』다. 그 살리기 어려운 에세이다. 사실 에세이는 개인적인 공감이 있어도 재미있게 읽기 어렵다. 그런데 이 책은 참 술술 읽혔다. 『온전히 나답게』는 수원시 영통구에 자리한 독립서점인 리지블루스* 사장님이 추천한 책이다. 리지블루스는 1인 출판사도 겸하고 있는데, '인터뷰 서점'이라는 특이한 부제를 달고 있다. 사장님 본인이 직접 글을 쓰는 작가로, 서점에서 정기적으로 인터뷰 모임을 열고 그 결과를 모아 책으로 내고 있단다. 사장님 생각이 날카롭고 재치 있었다. 어떤 책을 추천할지 궁금했는데 첫 번째로 꼽은 책이 한수희 작가의 『온전히 나답게』였다. 그러고 보니 한수희 작가와 리지블루스 사장님의 이미지가 비슷했다.

　동네에 친구가 있다는 것은 봄의 밤을 산책하는 것과 비슷한 것 같다. 어둠은 포근하고 뺨에 닿는 공기는 따뜻하다. 가만히

....

* 리지블루스는 아쉽게도 2020년 4월 25일 문을 닫았다. 폐점 전 서점 대표는 블로그에 "이제 하기 싫어져서 닫는다"라고 공지했다.

귀를 기울이면 식물들이 온 힘을 다해 자라거나 땅 밑 곤충들이 분주하게 봄을 준비하는 소리가 들려오는 것 같다. 냉담했던 적막함이 사려 깊은 고요함으로 바뀐다. 세상 모든 것들이 나에게 호의를 품은 것처럼 느껴진다.

-한수희. 『온전히 나답게』, 인디고, 2018, 231~232쪽.

한수희 작가는 독립출판 잡지인 「AROUND」에 책과 영화에 대한 글을 고정 기고하고 있다. 책을 직접 읽어보니 마치 옆집 친구처럼 푸근했다. 전시를 준비하면서 다시 읽었는데 스스로를 알기 위해 소소한 일상부터 확인한다는 말이 눈에 들어왔다. 자신에 대해 성찰하게 만드는 책이었다. 이 책으로 대본을 쓰면서 '내가 나에 대해 잘 알기가 이렇게 어려운 일인가' 생각했다.

못골시장 방송국 송년회

2018. 12. 20.

못골시장 방송국 송년회를 했다. 나는 언제부턴가 못골시장 송년회 초대 손님이 됐다. 사실 손님이라고 말하기엔 너무 가족 같은데 송년회 비용을 내가 지불하지 않으니 일단 손님이라고 불러본다. 송년회 장소는 항상 시장에서 가까운 곳으로 정한다. 올해는 뷔페 레스토랑이다. 시장 분위기와는 사뭇 다르다.

내가 제일 먼저 도착했다. 못골방송국으로 예약했다고 말했더니 그런 예약자가 없단다. 자리를 겨우 찾아 앉고 보니 예약자 이름에 오타가 있었다. '목골방송국'이었다. 못골시장 사람들은 언제 어디서 봐도 즐겁지만, 오늘은 만나자마자 예약자명만 가지고 한참을 웃었다.

올해 못골시장 상인회에 경사가 많았다. 제일 큰 경사는 상인회장님이 경기도시장연합회장 선거에서 회장으로 당선된 거다. 못골시장이 지금처럼 운영되기까지 고생을 많이 하셨다고 들었다. 동아리 사업을 시작하고 방송국에서 직접 디제이도 하셨다던데. 물론 나는 이야기와 사진으로만 봤다. 당선을 축하드리며 회장님과 시장분들을 눈여겨봤다. 평소 입으시던 점퍼 대신 넥타이를 매고 오셨다. 다들 회장님을 두고 멋지다며, 늘 입던 낡은 점퍼는 비싼 값에 팔아버리셨냐고 놀렸다. 오늘따라 회장님과 시장분들이 더 당당해 보였다.

사만키로미터의 『가지가지도감』

2019. 1. 12.

몇 달 전부터 키우는 유기견 뚜리가 이제 나랑 좀 친해진 것 같다. 대본 쓰려고 앉으면 옆에 온다. 한 줄 쓰면 궁둥이를 들이밀고 한 줄 쓰면 공을 굴려 보낸다. 놀아 달라는 신호다. 어제 휴대폰에 강아지 말을 번역해준다는 어플리케이션을 설치하고 뚜리와 대화를 시도했는데 짖지는 않고 공만 굴려서 실패했다. 상처 많은 고집쟁이다.

오늘 대본으로 쓰고 있는 책은 지난 도서 전시에서 찜해 둔 여성 창작자 그룹 사만키로미터의 『가지가지도감』이다. 식물과 동물의 삽화가 예쁜 도감 시리즈로, 독립출판물이다. 수원 팔달구 행궁동의 골목책방 '브로콜리숲'이 전시 도서로 추천했다. 시리즈 중 첫 권은 『가지가지도감-경기도 수원시 권선구 서둔로 166』으로, 제목이 서울대학교 수원캠퍼스 주소다. 농과대학이 관악구로 옮겨가고 13년간 학생들이 찾지 않는 캠퍼스에 자리 잡은 식물들 이야기다. 시리즈

두 번째 책은 『가지가지도감-비무장지대』다. 분단 후 사람이 찾지 않는 비무장지대에 자생하는 우리 동물들의 이야기를 엮었다.

개인적으로는 첫 권의 '서둔동 이야기'가 더 친근했다. 작년에 친정 부모님을 수원으로 모셔왔는데 서둔동 서울대 캠퍼스 옆에 집을 구해드렸다. 안 그래도 서둔동 서울대 자리는 숲이 우거져 여름이면 어른들을 모시고 자주 가던 산책길이었다. 첫 번째 책을 내기 위해 가지가지도감 팀은 1년간 조사를 했단다. 그 결과 캠퍼스의 우거진 숲에서 우리나라에만 자생하는 야생식물들의 군락을 발견했고 이들을 없애면 안 되겠다는 생각이 들었다고 한다. 시작도 기특하고 결과도 기특했다. 몇 년 전부터 서둔동 캠퍼스 자리엔 경기상상캠퍼스와 친환경 재활용센터가 생겼고 해마다 숲 축제가 열렸다. 얼마 전까지만 해도 뉴스에 습지 생태에 대한 보도가 나오면 다른 나라 이야기처럼 생각되었는데, 우리 옆에도 지켜야 할 숲이 있었다.

책을 만지작거리다 보니 두 권 다 장정이 멋졌다. 가볍고 얇아서 전시대에 올려두어도 잘 떨어지지 않았고 한 손에 먹거리를 들고 다른 손으로 책을 들어도 읽는 몸의 평형이

흔들리지 않았다. 종이도 누가 골랐는지 마음에 들었다. 쓸어 넘길 때 느껴지는 종이의 질감만 생각하면 이 책은 만점이다. 손으로 그린 채색 삽화가 많은 책은 종이 바탕색이 빛바랜 색이어야 눈이 덜 부담스러운데 이 책에 쓰인 종이 색은 적당했다. 스티븐 킹의 긴장감 넘치는 소설에 어울릴 만한 거친 재생지가 이 책에 쓰였다면 또 다른 느낌이었겠지만. 『가지가지도감』시리즈 책들은 작고 얇지만 종이와 그림이 잘 어울렸다.

처음 책을 폈는데 어디에도 저자나 저자 비슷한 이름이 나와 있지 않아 당황했다. 표제지에서 사만키로미터라는 이름을 발견했지만 저자인지 발행자인지 알 수 없었다. 독립 출판물은 소규모 투자나 작가 개인 자본으로 출판하는 경우가 많아 내용이나 편집이 일반 상업 책들처럼 매끄럽지 않은 것 같았다. 그런 점을 좋아해 부러 찾아다니는 독자가 있다고 들었고 나도 처음 봤을 때 그런 점이 색다르게 보였다. 그런데 계속 보니 보통 책 표제지에서 찾을 수 있는 정보를 쉽게 찾을 수 없어 불편하기도 했다.

지금 대본으로 쓰는 내용은 시리즈 책의 두 번째 이야기인 『비무장지대』다. 가지가지도감 팀은 주로 버려진 공간에 관심이 있나 보다. 비무장지대도 수십 년간 버려진 공간이었다. 책을 읽다 보니 역시 우리나라에만 사는 종으로 지금은 멸종 위기에 몰린 동물들이 그곳에 살고 있었다. 두루미가 학과 같은 동물이란 사실을 아는지. 학은 지금도 아이들 동화나 역사책에 빠지지 않고 나오고 조선시대 문헌에는 사대부의 상징이라며 시도 때도 없이 등장한다. 그런데 지금 우리나라에서 학은 멸종 위기 동물이다. 그 학 아니 두루미가 비무장지대에 살고 있다고 했다. 지리산 반달곰처럼 이미 멸종해 사람이 키운 종을 들여와 방생한 것이 아니라는데. 스스로 나고 산 동물의 종은 특별하다. 그 공간의 생태가 자연스럽다는 증거이기 때문이다. 왠지 책과 비무장지대가 자랑스러워졌다.

얇은 책이지만 방송으로 읽기에 내용이 부족하지 않았다. 삽화가 예뻐 그림책처럼 보여주면서 읽으면 좋으련만. 어릴 때 외할머니 집에 놀러 가면 뒷산에서 발자국으로 자주 발견했던 동물들을 이 책에서 다시 만날 수 있었다. 시장 사람들 중 나와 연배가 비슷하거나 조금 위인 분들은 분명히 이 책과 동물들을 반가워할 것 같다. 책을 대본으로 다시 쓰면서 사라져가는 동물들이 마치 우리를 버리고 가는 친구들 같아서 좀 쓸쓸했다.

미세먼지가 많다. 몽골카페 사장님이 레몬 음료를 개시하
셨나 보다. 방송실을 열자마자 레몬 껍질을 한 봉지 갖다 주
셨다. 레몬 냄새 좋아하는 걸 어찌 아시고. 오늘 읽을 책은
사만키로미터의 도감 시리즈 두 번째 책인 『가지가지도감–
비무장지대』다. 오늘은 아무래도 최근 북한을 둘러싼 여러
나라 이야기를 할 수밖에 없을 것 같았다.

요즘 1차 북미정상회담 분위기가 우리나라에도 전해오는
것 같다. 북미는 작년만 해도 서로 미사일을 쏘니 마니 하면
서 으르렁거렸는데 화해도 한순간인가 싶다. 아침에 통일부
에서 매월 발행하는 남북관계 주요 일지를 보니 개성공단
기업인들이 다시 방북을 신청했고 지난주까지 남북단일선
수단이 세계핸드볼선수권대회에 참가하느라 베를린에서 단
일팀으로 함께 훈련했단다. 책 읽는 방송이라고 책만 읽는
다고 생각하는 분들이 많은데 요즘같이 변화무쌍한 시절엔
책만 읽어 될 일이 아니다.

미세먼지가 많아 남문시장 전체 방문객 수가 반 이하로
줄었다. 그래서 오늘 몽골시장도 예전만큼 통로가 비좁게
느껴지지 않았다. 시장 안은 사람 대신 안개 낀 날처럼 뿌연
공기로 가득했다. 이게 다 미세먼지라는 말인가. 어디선가

먼지가 소리를 증폭시킨다는 내용을 읽었는데 사실이라면 오늘 방송 소리를 높이면 안 되었다.

방송을 시작하고 사람들이 가만히 듣고 있는 소리가 들리는 것 같았다. 평소 시장을 메우던 호객 소리 대신 스피커에서 울려 퍼지는 내 목소리가 방송실 안 내 귀에도 들렸다. 시장에 사람이 없으니 스피커 소리에 집중하게 된다. 방송할 때 청취자가 너무 많아도 의견이 많을까 걱정되는데, 이렇게 사람이 없어도 안절부절못하겠다.

이런 날은 이런대로 저런 날은 저런대로 시장의 여러 모습을 즐길 수 있어야 한다. 방송하며 상인분들이 정치 얘기, 남북 얘기로 조근거리는 모습을 상상했다. 작년에 생방송 실수가 잦아서 앞으로는 녹음방송만 하겠다고 결심한 적이 있었다. 그런데 지금은 오히려 방송 중에 듣고 보는 시장 사람들이 재미있다. 예를 들어 방송 중 소리가 작거나 방송으로 관심 없는 내용이 나오면 호객 소리가 높아진다. 또 카페 손님들은 방송 내용이 마땅치 않거나 불편하면 데스크 안 사장님을 보면서 눈썹을 찡그린다. 반면에 방송이 맘에 들면 방송 부스나 모니터를 향해 웃으며 눈인사를 하신다. 시장방송을 듣는 사람들의 반응은 대부분 말로 들리지 않고 거래하는 모습이나 어조로 느껴진다.

방송을 마치고 정리를 하려는데, 아침에 카페 사장님이 말한 음원이 궁금해졌다. 음악재생 사이트에 접속해서 '못골시장'으로 검색했더니 아무것도 없었다. 농담을 하신 건가 갸우뚱하며 다시 '못골'로 검색했다. 세상에, '못골 전통시장' 이름으로 네 개나 되는 음원이 목록에 떴다. 들어 보니 기타동아리와 합창단의 연주와 노래다. 음원 상태로 보아 전문 스튜디오에서 녹음한 것 같았다. 상인 동아리를 운영하는 일이 쉽지 않을 텐데 못골시장은 동아리를 활용해 정체성까지 만들고 있었다. 이 시장의 이런 모습은 볼 때마다 정말 감동스럽다.

강박증과 『그림의 맛』

2019. 2. 3.
___

　강박증과 편집증에 대한 이야기를 하다 남편이 823.6-강34ㅅ-v.2에 대한 집착 이야기를 꺼냈다. 놓은 물건이나 자리를 남이 흐트러뜨리는 모양새를 참지 못하는 나를 겨냥한 말이었다. 내가 생각해도 나는 정리 잘하는 인간은 아닌데 내가 저질러 놓은 시공간을 남이 건드리는 것에 대단히 충격을 받는 것 같다. 아이러니다. 남편에게 내가 강박증에 편집증을 가진 거라면 중상 정도라고 말하며 건드리면 물린다는 으름장으로 돌려 웃었다.

　823.6-강34ㅅ-v.2는 도서관 청구기호다. 책의 주제-저자 이름-판형을 섞어서 만든 고유기호로 도서관 책들을 책장에 꽂는 기준이다. 소장 책 매 권은 각각 다른 기호를 가지는 것이 원칙이다. 다른 책 두 권에 같은 기호가 부여되거나 책에 주제와 다른 기호가 부여되면, 책을 서가에 꽂는 사람은 혼란에 빠진다. 그래서 보통 도서관 사서들은 잘못된 기호 라벨이 붙은 책이나 서가에 기호와 다르게 꽂힌 책을 두려워

한다. 간혹 도서관에서 짱박기*를 하려거나 청구기호를 모르는 이용자들이 기호와 다른 곳에 책을 꽂아 두는데, 이런 책은 책장을 뒤집어엎지 않는 한 그 도서관에서 수십 년 일한 사서라도 찾기 어렵다.

짱박기를 여러 번 겪은 사서들은 물건을 정리하는 일에 대단히 예민해지는데 어떤 사람들은 집에서도 물건에 기호를 붙이고 기호에 따라 정리한다. 부끄럽지만 한때 나도 집 선반과 물건에 기호를 써놓고 식구들에게 같은 기호끼리 정리할 것을 강요한 적이 있다. 지금은 그러지 않지만 아직도 가끔 남편이 그 일로 나를 놀린다.

프렙**과 카오스에 대한 책을 읽다 도서관과 나의 습관으로 이야기가 확대됐다. 지금 읽는 책은 작가가 요리사 출신 화가인데 강박증에 대한 내용 외에도, 인용된 프랜시스 베

....

• 특정한 곳에 숨어 있다는 경상도 사투리로 원래 버스나 택시가 일정 구역에 장기 주정차해 다른 차량이 진입하지 못하도록 하고 승객을 독점하는 행태를 뜻함. 나의 도서관에서 짱박기는 연체로 대출이 어려운 상황 등에 처한 이용자가 맘에 드는 책을 혼자 읽기 위해 사람들이 찾을 수 없는 서가 구석에 몰래 숨겨 두는 행태.

•• Preperation, mise en place의 줄임말. 주방에서 요리과정에 미리 준비해 놓은 재료 또는 재료를 준비하는 과정을 의미한다. 주방에서 요리사들은 '프렙을 잡다' 는 식으로 표현한다.

이컨의 그림 'Head VI'가 특히 인상적이었다. 프랜시스 베이컨은 평생 사람의 미소를 그리려고 노력했지만 죽을 때까지 성공하지 못했다고 한다. 그림 속 사람 표정도 묘하게 일그러져 있었다.

엉뚱하게도 책에 인용된 그림 속 얼굴 표정에 감정이 더해졌다. '이렇게나 설이 빨리 오다니', 주부로서 명절을 대하는 나의 마음은 긴장감 일색인지 책을 읽어도 벗어날 수가 없었다. 명절로 더해진 내 카오스에 웃음이 기본 프렙이길 바라며 이번 방송 책을 최지영 작가의 『그림의 맛』으로 정했다.

2019. 2. 10.

최지영 작가는 요리사이자 화가다. 어떤 일에 전문가라라면 그 분야에 상당한 지식과 경험을 가져야 한다. 그러자면 무엇보다 그 분야에서 쓰이는 말들을 잘 알아들어야 할 것이다. 작가는 이 책에서 요리사로서 일한 주방과 주방에서 음식을 만들기 위해 준비해 두는 여러 가지 프렙을 카오스로 설명했다. 이 혼란을 경험한 작가는 분명히 그 속에서만 오고가는 말들을 잘 아는 전문가일 것 같다.

전문가라고 학술적인 활동만 하는 건 아닐 테다. 시장에서 특정 물품을 주로 파는 상인은 그 물품과 거래에 대한 전문가다. 상인들은 판매품이 시장에 들어오고 손님의 손을 빌어 나가는 타이밍을 예측함으로써 물품이 시장에서 적절한 생애주기를 가질 수 있도록 조절한다. 손님과 흥정하는 상인을 잘 살펴보면 한두 마디만 나누고도 손님이 이 물품에 지식이 있는지, 가격을 가늠할 수 있는지, 실제로 구입할지 알아차린다.

이번 방송에서 읽기로 한 『그림의 맛』을 쓴 작가 최지영은 외국 유명 요리전문학교를 수학한 요리사다. 레스토랑을 운영하다가 그만둔 후 미술에 대한 관심이 생겨 배웠고 지금은 그림을 그린다고 했다. 한 가지를 잘하기도 어려운데 작가는 다방면에 소질이 많다.

이 책에서 작가는 현장에서 직접 부딪치며 배운 음식과 그림의 공통분모를 연상하는 글로 엮었다. 책을 읽으니 그림에 대한 지식이 없어도 음식의 맛을 떠올리며 그림을 이해할 수 있었다. 또 반대로 그림을 본 느낌을 바탕으로 먹어보지 않은 음식 맛을 짐작할 수 있었다. 작가의 '오마주 디시'를 먹어보고 싶었다.

그나저나 라디오 방송에서는 그림을 보여주기 어려운데, 지금 쓰는 대본으로 '읽어주는 책' 방송을 하면 듣는 사람들이 그림 모양이나 음식 맛을 상상할 수 있을까?

2019. 2. 13.

　　방송에도 맛이 있을까? 마이크로 책을 읽으면서 사람들이 입맛을 다시는 모양을 상상했다. 요즘, 먹는 음식을 소재로 하거나 먹는 여행 과정을 보여주는 텔레비전 방송을 자주 본다. 사람들이 입맛을 다시게 하는 책읽기 방송은 어떨까? '먹는 소리나 맛을 묘사한 글만 모아 읽는다거나, 글에 나온 음식의 맛을 표현하는 청취자 글이나 목소리를 소개'하는 식이면 될까? 내년에는 코너를 엮어 새로운 시도를 해봐야 겠다. 읽는 사람이 지루하지 않아야 듣는 사람도 재미있을 텐데.

새로운 세대

2019. 3. 10.

오랜만에 서점에 들렀다. 베스트셀러 판매대에 쌓여 있는 책을 여러 권 들고 왔다. 장정 크기가 작아 손에 쏙 들어오는 『편의점과 일본인』부터 읽기 시작했는데, 요즘 우리 일상과 떼려야 뗄 수 없는 친밀한 편의점에 대한 이야기였다. 편의점을 처음 일본에서 들여왔다는 말은 들었는데 일본 사람들이 편의점을 두고 이렇게나 많은 생각을 하는지 몰랐다. 다만 일본에서 말하는 편의점은 우리와 약간 다른 형태인 것 같지만 편의점 매출을 위해 소비자 분석을 하고 소비자별 서비스를 고민한 내용이 있는데 이 부분은 나중에 내가 하는 일에 응용해도 좋을 것 같았다. 특히 '쇼핑약자'라는 말이 인상적이었다. 쇼핑약자를 위한 매뉴얼을 만들었단다. 독서에도 약자가 있을까? 글을 읽기 어려운 사람들을 위해 '독서약자 매뉴얼'을 만든다면 어떨까? 쓸모 있을 것 같다.

후루룩 국수 빨아올리듯 책을 읽고 있다. 아무래도 이번 방송에서는 임홍택 작가의 『90년생이 온다』를 읽어야겠다. 기승전병 '나무위키'가 나오는 구절에서 결정했다. 내가 나무위키를 언제부터 좋아했는지 정확하게 기억나지 않는다. 나무위키는 온라인 백과사전 서비스인 위키피디아와 자주 비교된다. 사실 백과사전이라고 말하기 애매한 부분이 있지만 일단 나무위키도 사전이라고 말해보자. 나는 온라인 백과사전을 자주 사용하는데 개정판을 기다리지 않아도 매일 업데이트되는 새로운 내용을 확인할 수 있기 때문이다. 위키피디아를 먼저 사용했지만 나무위키가 나온 후엔 단연코 나무위키를 자주 본다. 위키피디아가 일반적인 사전에 가깝다면 나무위키는 커뮤니티 같다. 온라인 백과사전은 이용자들이 새로운 또는 변경된 사실을 직접 업데이트할 수 있는데 나무위키는 너그럽게도 사람들이 풍자나 패러디 형식을 빌어 업데이트한 재미난 내용들을 잘 삭제하지 않는다.

나무위키를 인용한 책을 처음 읽어 잠시 흥분했다. 대본으로 다시 돌아와 책을 보는데 두 가지 문제가 뇌를 때린다. 일단 새로운 용어가 너무 많다. 시장 어르신들께 '병맛'을 읽어드리려면 병맛이라는 글자 수보다 몇 십 배 많은 글자를 동원해 설명해야 한다. 방송 시간이 정해져 있으니 이 책을 읽으려면 어디서부터 어디까지 설명할지 기준을 세워야 할 것 같다. 두 번째 문제는 내가 읽고 재미있어 표시해둔 내용을 방송으로 읽으면 꼭 어르신들이 불편해하실 것 같다. 예를 들면 '꼰대 체크리스트', '또라이 질량 보존의 법칙' 같은 내용들이다. 그럼에도 불구하고 읽는다면 대본을 쓸 때 주어를 모조리 3인칭으로 돌리거나 서술어를 '~같다' 식으로 애매모호하게 바꿔 쓰는 방법으로 해결할 수 있을 것 같다. 하지만 작가의 글에 손대면 안 되고 애매모호한 표현은 방송에서 사용하고 싶지 않다. 일기만으로도 충분하다.

2019. 3. 12.

오늘도 미세먼지가 많아서 시장 골목이 한가했다. 대기질이 어서 좋아져야 할 텐데 큰일이다. 빨리 좋아지지 않으면 뿌연 공기에 익숙해진 나머지 빨리 죽는 한이 있어도 답답한 마스크랑 위기감을 함께 던져버릴 것 같다. 무엇보다 당장은 내 방송의 청취자이신 시장 고객 수가 자꾸 줄어드니 큰 문제다.

오늘 방송에서 읽은 책은 임홍택 작가의 『90년생이 온다』였다. 요즘 읽은 책 중 재미있는 책으로 다섯 손가락에 꼽는다. 책을 읽고 나면 밀레니얼 세대라고 불리는 요즘 젊은 사람들을 관객석에서 구경하고 온 것 같은 느낌이 든다. 나는 70년대생인데 사람들은 우리 또래를 X세대 또는 2차 베이비붐 세대라고 불렀다. 지금은 기성세대가 됐지만 우리가 20대일 때 어른들은 우리도 신기하다고 말했다.

시장 오기 전에 책 안에 있는 '꼰대 체크리스트'로 테스트를 했는데 이제 나는 꼰대가 맞았다. 꼭 테스트가 아니어도 내가 꼰대인 건 짐작했다. 젊은 사람들이 쓰는 요즘 말을 신기해한 지 좀 됐다. 어쩌면 한참 지나도 새로운 세대나 그들의 말을 온전히 이해할 수 없을지 모른다. 그래도 모든 '년생'은 특별하다. 사람이니까. 그리고 젊음은 그 존재만으로도 새롭고 반짝이니까. 방송 시작할 때, 오늘 방송을 특별히 시장 어르신들이 재미나게 들어주시길 바란다고 말했다. 진심이었다.

요즘 못골카페에서 사장님 대신 딸이 카운터에 앉아 있는 모습을 종종 봤다. 그 딸이 아마 90년대생일 것 같았다. 전부터 가끔 방송을 마치고 시간이 남으면 카페 사장님과 딸들의 발랄함에 대해 토론하곤 했는데, 그 딸이 그 딸인 모양이었다. 요즘 사장님 딸이 연애를 한다던데 사장님 걱정 목록에 딸내미 남자친구 항목을 더했을 것 같았다.

방송을 끝내고 몽골카페 사장님께 책을 드렸다. 아주 재미난 책이고 요즘 딸들을 이해하는 데에 도움이 될 것 같다고 말씀드렸다. 카페 사장님이 생각보다 너무 기뻐하셔서 놀랐다. 이번 책 방송이 마음에 드신 것 같았다. 표지 제목이 보이지 않을 정도로 서배*가 시커멓게 닳도록 돌려 읽으시라 부탁드렸다.

오늘 방송은 시스템에 약간 이상이 있어서 모바일로 송출하지 않았다. 모바일 송출을 하지 않아도 시장 안에서 방송하는 데에 지장이 없었다. 사실은 친한 사람들에게 모바일 송출 주소를 극비로 숨겼다. 그래서 '모바일로 들을 수 있어'란 말을 들은 사람은 많아도 정작 주소를 받은 사람은 별로 없다. 가끔 모바일로 방송을 찾아 듣거나 직접 방송을 들으러 시장에 일부러 놀러 왔다는 친구들을 만나면 잘했다고 칭찬하기보다 왜 그러느냐고 타박했다. 내 방송에 아직 자신이 없다. 미안하게 생각한다.

그래도 방송하기가 점점 재미있어진다. 방송 책을 고르고

....
• 書背, 책등.

대본을 쓰는 일도 빨라졌다. 책을 받은 카페 사장님이 답례라며 사진을 찍어주셨다. 집에 와 찍은 사진을 확인해보니 마음에 꽃을 단 사람처럼 입이 찢어지게 웃고 있었다. 나도 모르게 내 마음이 사진으로 드러난 것 같았다. 사실 오늘도 부서에서 시장 책 방송을 계속할지 말지 재검토하라는 지시를 받았다. 이런 시기에 이렇게 웃는 사진을 회사에 증빙으로 올릴 수 있을까.

『그리움을 위하여』

2019. 5. 19.

　주말에 오랜 친구 B와 J를 만났다. B는 공대를 나와 공장에서 납땜할 운명을 거스르고 환경단체에서 일하던 녀석인데, 지금은 가야금 연주자로 세계를 떠돌아다닌다. J는 나와 같은 전공인데 재미없어 도서관 데스크에 못 앉아 있겠다며 프로그램 개발자가 됐다. 지금은 민족을 표방하는 그룹에서 기획자로 일한다. 모두 갓 스물을 넘은 꼬꼬마로 만났는데 이제 벌써 사십대 중년이다. 우리는 참 무뚝뚝한 친구들이다. 자주 만나지도 친근한 말을 건네지도 않는다. 그런데 이상하게 또 만나고, 서로가 어려울 때 극복하는 모습을 그냥 쳐다만 본다.

　광화문 한 서점에서 만난 B에게 요즘 무슨 책을 읽는지 물었다.

　"요즘? 배운데 누구더라 그 유명한 영화에 나왔어. 아버지도 배우고 그 사람이 걷는 얘기를 책으로 냈어. 그런데 정말 걷는 얘기만 나와. 나 요즘 그거 읽어."

재밌느냐는 질문에 그냥 계속 '걷는다'기에 무슨 단어 수가 부족한 유아기도 아니고 동어 반복 대답만 하냐고 핀잔을 줬다. 그렇게 궁금해서 판매대에서 책을 찾았는데 작가가 배우 하정우였고 정말 계속 걷는 얘기만 나왔다.

나온 김에 책을 몇 권 사자며 판매대를 둘러봤다. 새로 나온 책에 대한 예의를 차려야 한다며 책장을 들춰보고 고개를 몇 번 끄덕이면서 몇 권을 골랐다. '요즘은 이런 책이 나오는구나. 신기하다.' 서점은 예전보다 매장 규모가 커졌고 판매대 구조가 복잡해졌다. B를 끌고 한참을 돌아다녔다.

사실 내가 원하는 책은 단번에 찾아갈 수 있었는데, 서가에 붙은 기호가 바뀌었지만 '그 책'은 예전 그 책장에 그대로 꽂혀 있었다.

2019. 5. 20.

명작이라 붙은 이름엔 이유가 있다. 나를 찍어 누르는 글을 보며 왜 또 글썽거리는가. 그리움으로 책장을 넘기다 보니 예전에 인용해 글귀가 익숙한 박완서 작가의 '그 남자네 집'이 나왔다.

쌍쌍이 붙어 앉아 서로를 진하게 애무하고 있는 젊은이들에게 늙은이 하나가 들어가든 나가든 아랑곳 없으련만 나는 마치 그들이 그 옛날의 내 외설스러운 순결주의를 비웃기라도 하는 것처럼 뒤꼭지가 머쓱했다. 온 세상이 저 애들 놀아나라고 깔아놓은 멍석인데 나는 어디로 가야 하나. 그래, 실컷 젊음을 낭비하려무나. 넘칠 때 낭비하는 건 죄가 아니라 미덕이다. 낭비하지 못하고 아껴둔다고 그게 영원히 네 소유가 되는 건 아니란다. 나는 젊은이들한테 삐지려는 마음을 겨우 이렇게 다독거렸다.

–박완서, '그 남자네 집', 『그리움을 위하여: 박완서단편소설전집 7』, 문학동네, 2015, 79~80쪽.

'그 남자네 집'은 원래 단편 소설이었는데 2008년 장편으로 다시 발표됐다. 작가의 연애편지 같기도 하고 그 남자의 추억을 담은 앨범 같기도 한 소설이다. 백 번은 읽은 것 같은데 아직도 좋다. 특히 마지막 구절은 젊은이들에게 멍석을 깔아주고 자기 연민을 거두는 노인의 시선이 마음을 울린다. 방송에서 이 느낌을 그대로 전할 수 있을까.

어제 산 그 책은 나를 불안한 야생동물마냥 쳐다보던 친구 B에게 걱정 말라는 눈빛을 담아 선물했고, 지금 손에 든 책은 오늘 집 앞 서점에 가서 다시 사온 것이다. 작가가 돌아가시고 그 딸이 어머니의 단편을 모아 2013년 낸 책인데 제목이 『그리움을 위하여』다. 표지에 손글씨로 작가의 이름이 쓰여 있는데 표지 색과 이미지가 『친절한 복희씨』보다 부드럽다.

한 시간 반 동안 '단편 한 작품만 읽긴 너무 짧지 않을까?', '단편집에 수록된 전체 작품을 한 꼭지씩 읽을까?' 이런저런 생각을 했다. 이번 대본 쓰기를 고대했는데 잘 쓰고 싶다. 이번에 방송에서 읽을 책은 박완서 작가의 단편집 『그리움을 위하여』다.

2019. 5. 21.

아침에 도착해 방송실에서 음향기계를 준비하고 있는데 카페 사장님이 또 '봉다리'를 들고 오셨다. 뜨끈하게 튀겨 하얀 설탕을 바른 못골시장표 꽈배기와 단팥 '도나쓰'였다. 시장에서는 도넛 대신 '도나쓰'라고 불러야 정감이 넘치고 제대로 맛이 나는 것 같다. 배가 부르다고 사양해도 손에 안기고 가셨다. 방송할 책이 그리움 가득한 책인데, 나중에 이 장면도 그리워질 것 같았다. 급한 대로 책과 '도나쓰'를 양손에 들고 사진을 찍었다. 이 사진도 회사에 증빙용으로 제출하기 어려울 것 같다.

방송 준비는 시작도 하지 않았는데 배가 빵빵해졌다. 요즘 시장에만 오면 살이 오르는데 아무래도 못골시장이 작정하고 나를 사육하는 것 같다.

드디어 오늘 방송으로 박완서 작가의 단편집 『그리움을 위하여』를 읽었다. 고단한 하루를 마치고 일찍 집에 들어와 낮잠 자는 기분으로 읽었다. 박완서 작가의 글들은 읽으면 이상하게 몸이 나른해지고 머리가 가벼워졌다. 방송 내내 마음이 편안했고 오늘 책은 나를 위해 셈한 선물 같았다.

나약한 시간

2019. 5. 21.

　작년 이맘때 회사에서 동료들과 노동조합을 만들었고 내가 대표를 맡았다. 회사에는 이미 노동조합이 있었고 우리로 회사는 복수노조 체제가 됐다. 엊그제 갑자기 남편이 나보고 "다른 사람 생각만 하면서 사는 사람이 된 것 같다"고 했다. 지난 1년간 나는 잘 살아온 걸까?

　오늘은 기분이 애매모호한 날이었다. 내가 방송하러 나온 사이 우리 노동조합은 회사에 마지막 성명서를 발표했다. 우리가 따로 만들어서 둘로 나뉘었던 노동조합을 하나로 통합한다는 내용이었다. 우리 이야기를 적어도 몇 년 동안 사람들이 기억하기를 바라면서 성명서를 작성했는데, 내 감정과 한계를 갉아먹는 것 같아서 성명서 쓰기가 괴로웠다. 복수노조를 만들고, 교섭 단위를 분리하고, 비정규직 운동을 하고, 1년 동안 우리가 벌인 일들은 대부분 회사 내에서 최초였다. 어쩌면 회사에서 나는 지금보다 앞으로가 더 어려울지도 모른다. 성명서 쓰기에 비하면 방송에 읽을 책을 고르거나 대본을 쓰는 일은 너무 행복한 일이다.

　요즘은 방송에서 읽는 책을 집으로 들고 오지 못한다. 지난달 방송한 책은 카페 사장님께 기분 좋게 뺏겼고 오늘 책은 그린나물 사장님께 선물로 드렸다. 그린나물 사장님은 수줍음이 많아 무뚝뚝해 보이지만 정이 많은 분이다. 가게 앞을 지날 때마다 오이 껍질을 까고 계신다. 항상 나를 보고 웃으시는데 그 모습이 너무 예뻐서 따라 웃는다. 책은 내 방송을 소중하게 생각하는 분들께 드리고 있으니 하나도 아깝지 않다.

2019. 6. 15.

　20세 이하 청소년들의 세계축구대회인 U-20 월드컵 결승날이다. 우리나라와 우크라이나가 1, 2위를 가렸다. 아침부터 온라인 뉴스에선 난리가 났다. 평소 프로축구 경기를 잘 보지 않는데, 나라별 대항전을 한다니 경기 시작 전부터 텔레비전 앞에 앉아 뉴스에 나오는 이강인 선수를 보고 있다. 어차피 저녁까지 시끄러울 텐데 텔레비전 앞에서 대본이나 써볼까.

6월 방송 책은 조류학자인 필리프 J. 뒤부아와 철학자인 앨리즈 루소가 함께 쓴 『새들에 관한 짧은 철학』이다. 인간이 가진 새에 대한 오해를 말하고 자연이 주는 삶의 의미를 풀어 쓴 에세이다. 수원 독립서점 마그앤그래* 사장님이 추천해주셨다. 책을 보며 다시 생각하지만 자연만큼 보수적인 것도 없는 것 같다. 질서와 원칙과 윤리가 변하지 않는다. 자연의 행태를 넘어서는 인간의 모습을 '자연스럽지 않다', '거스른다'고 표현하기까지 한다.

　　털갈이의 시간은 나약함의 시기다. 새들은 털갈이를 하느라 때로는 날아오르는 능력조차 잃어버린다. 오리가 그렇다. 우리는 이를 털갈이 이클립스라고 부른다. 아무것도 하지 않는 빈 시간을 가리키는 멋진 표현이다. 새들은 소중한 깃털이 새로 자라나기를 기다릴 뿐이다. 신중한 태도로, 자신의 나약함을 인식하며, 고요를 흐트러뜨릴 수 있는 움직임은 자제하며, 그렇게 새는 기다린다. 인내한다. 재생이 일어나고 마침내 힘과 아름다움을 되찾을 때까지. 우리에게도 그런 시간이 필요하다.

　　　　　　　　
* magnetic & gravity. 수원에 위치한 독립서점. 사장님이 작가라 글을 잘 아시고, 서점에 농식품, 친환경 관련 재미난 책이 많아서 책을 골라 봐야 할 때 자주 들렀다.

－필리프 J. 뒤부아, 엘리즈 루소, 『새들에 관한 짧은 철학』, 다른,
2019, 19쪽.

이 책을 본 사람들은 새에 대해 가진 오해를 조금이나마
풀 수 있을 것 같다. 조류에게는 자연스럽지만 사람의 눈에
는 그렇지 않은 모습을 관찰하고 표현한 작가들의 솜씨가
재치 있었다. 나의 문제는 작가의 재치를 '어떻게 상인어로
풀어내느냐'인데, 생각하는 순간 갑자기 머리가 멍해지고
배가 텅 빈 것 같았다. 습관처럼 통닭집 전화번호를 누르는
데 통닭이 조류라는 사실이 떠올랐다. 텔레비전 축구 중계
소리가 점점 시끄러워지고 있었다. 선수들 뛰는 모습을 잠
간만 보고 다시 앉을까?

2019. 6. 20.

시장 안 열기가 대단했다. 열 때문에 방송 전에도 서버가
이미 두 번이나 다운됐다. 여름이 본격적으로 시작된 것도
아닌데, 벌써부터 큰일이다. 12시 40분에 방송을 시작한다
고 공지하고 책을 뒤적였다. 오늘 읽을 책은 조류학자 필리
프 J. 뒤부아와 철학자 엘리즈 루소가 함께 쓴 『새들에 관한
짧은 철학』이었다.

방송 기계를 세팅하고 있는데 갑자기 별 디제이가 방송실 문을 열고 들어왔다. 별 디제이는 남문시장 방송국에서 함께 방송을 진행하는 동료로, 남문시장 북쪽 로데오시장에서 통닭집을 운영한다. 전시회를 여러 번 개최한 화가인데, 차림새가 늘 멋졌다. 오늘 경기도 광주 경안시장에서 남문시장으로 벤치마킹을 오셨는데 오늘 방송을 참관해도 되냐고 물었다. 당연히 가능하다고 대답했다. 시장 방송국에서 방송을 하다 예고 없이 손님을 맞은 적이 몇 번 있었고 이젠 나도 이런 방문이 자연스러웠다.

오프닝 첫 음악이 나가는 중에 경안시장 상인회분들이 방송실로 들어오셨다. 상인회 스물여덟 분이 모두 들어오셨고 방송실이 꽉 찼다. 손님들께 멋진 첫인상을 보여드리고 싶어서 미소를 띠기는 했지만 얼굴이 땀범벅이었다. 방송 장비들이 열을 받아 멈췄다 연결됐다를 반복하고 있었다.

상인분들 열의가 대단하셨다. 오신 김에 방송에 출연해 보시겠냐고 권했더니 주저함 없이 좋다고 하셨다. 대본에 미리 준비한 인터뷰 내용이 없어서 음악이 나가는 4분 동안, 경안시장 등에 대해 간단히 메모하고 방송에 참여할 한 분을 급히 섭외했다. 특별한 안내 없이 모시고 즉석 인터뷰를 진행했는데 말씀을 막힘없이 잘하셨다. 방송 전부터 문제였던 기계가 중간에 멈추기라도 할까 걱정이었지만 방송 중엔 이상이 없었다. 천만다행이었다.

하지만 진행하는 나는 방송 내내 '땀 삐질 차렷 모드'였다. 마음속으로 적어도 네 번은 기절한 것 같았다. 방송이 끝나고 조류학자와 철학자가 쓴 새에 대한 이야기를 어떻게 읽었는지 기억나지 않았다. 내 몸의 깃털이 모조리 빠져버린 것처럼 작고 나약해지는 느낌이었다. 그래도 벤치마킹 오신 시장단은 즐거운 얼굴로 방송실을 나가셨다. 방송에서 책 내용을 잘 전달했는지 자신이 없었지만 남문시장에 조금 도움을 드린 것 같아 더 바랄 게 없었다.

① 남문시장 내 전광판, 방송 중, ② 남문시장 모바일 앱 '깍쟁이 수남씨',
③④ 못골시장 방송단 연말 모임(2018. 12. 20.)

① 『그리움을 위하여』 방송 중 도나쓰.
② aT 농식품전문자료실 농식품독서교실. '먹는 꽃, 가을 꽃'(2018)

① aT 농식품전문자료실 농식품독서교실. '식품라벨 & 불량식품 똑똑가이드',
②③ 경기도 경안시장 상인회 방문 인터뷰(2019. 6. 20.)

①② aT 농식품전문자료실 농식품도서전시. 2019년, 2020년 전시장

『90년생이 온다』

2019. 3. 12.

멘트 안녕하세요? 한국농수산식품유통공사 농식품전문자료실 이은정입니다. 남문시장 상인 그리고 고객 여러분은 요즘 젊은 사람에 대해 얼마나 아세요? 요즘 젊은 사람들은 이른바 '공시생'이 인기랍니다. 공무원 시험을 준비하는 사람이란 말이라는데요. 이 말 말고도 '병맛, 고나리, 오나전'처럼 요즘 젊은 사람들 쓰는 말부터 이해가 안 될 때가 많죠. 오늘은 젊은 세대나 사회에 대한 얘기를 해드릴 거랍니다. 노래 한 곡 듣고 시작할게요.

음악 : '봄이와' / 롤러코스터

멘트 오늘 들고 온 책은요. 제가 주말에 책을 좀 보려고 서점을 갔는데 신간 코너에 잔뜩 놓여 있던 책이에요. '별거 있겠어' 하고 집어 들었는데 생각보다 내용이 좋더라고요. 임홍택 작가의 『90년생이 온다』(웨일북)예요. 말 그대로 90년대에 태어난 사람들이 주축이 되는 우리 사회를 말한 책인 것 같은데요. 90년생이라니 저부터도 낯설어요. 오늘은요, 이 젊은 사람들이 어떻게 생각하고 사는지 한번 돌아보려고 해요. 책까지 나올 정도면 중요한 세대가 될 것 같은데요. 작가 서문 읽어드릴게요.

(책읽기)

이 책은 9급 공무원 시험을 준비하게 된 1990년대 출생의 20대 청년들에 대한 이야기를 담고 있다. '9급 공무원 세대'라고도 할 수 있는 90년대생들이 이전 세대들과 어떠한 차이가 있으며, 어떤 생각을 하고 있는지, 나아가 우리는 어떤 눈으로 이들을 바라봐야 하는지 밝히는 것이 이 책을 집필하게 된 가장 큰 이유다. 명문대 출신의 임모 씨(1992년생)는 노량진에서 컵밥을 먹으며 공무원 시험을 준비 중이다. (······) 그가 공무원의 길을 택한 것은 두 살 많은 친형의 영향이 컸다. 형은 3년 전 어려운 취업 시장을 뚫고 국내 굴지의 대기업 마케팅팀에 입사했지만 1년 만에 그만뒀다. (······) 그러고는 곧바로 노량진으로 들어가더니 1년 만에 서울시 9급 공무원이 되었다. (······) 주변 어른들은 '명문대 나와서 기껏 준비하는 게 9급 공무원이냐'며 혀를 찼다. (······) 9급 공무원 시험을 준비하는 임모 씨와 최모 씨의 이야기에서 공통적으로 등장하는 것은 바로 '꼰대'라는 존재다. (······) 사전에서 꼰대란 은어로 '늙은이'를 지칭하거나 학생들의 은어로 '선생님'을 이르는 말이다. 그러나 아거가 2017년 쓴 《꼰대의 발견》에 따르면 오늘날에 꼰대라는 단어는 특정 성별과 세대를 뛰어넘어 '남보다 서열이나 신분이 높다고 여기고, 자기가 옳다는 생각으로 남에게 충고하는 걸, 또 남을 무시하고 멸시하고 등한시하는 걸 당연하게 여기는 자'를 지칭한다. (……) 이 책은 1990년대생들이 이 '꼰대의 세상'에서 살아남기 위해 어떤 방식을 취하고 있는지 알아보고 꼰대의 세상은 어떻게 이들을 받아들여야 할지 답을 찾고자 한다. -10~12쪽.

멘트 요즘 젊은 사람들 정말 취직하기 힘들다고 하죠. 공시생만 잔뜩인 세상은 좀 답답할 것 같기도 하고요. 노래 한곡 듣겠습니다.

음악 : '다시 만난 세계' / 소녀시대

멘트 지금 방송은 한국농수산식품유통공사 농식품전문자료실 이은정이 진행하는 '책, 그것이 알고 싶다'입니다. 오늘은 임홍택 작가의 『90년생이 온다』를 읽고 있어요. 이 책의 저자 임홍택은요, CJ제일제당에서 브랜드매니저로 일을 하는 회사원이라고 합니다. 작가는 회사에서 신입사원 연수를 담당하게 되면서 밀레니얼 세대인 90년대생에 대해 관심을 갖고 관찰하기 시작했다 하고요. 80년대생인 작가가 신입사원에게 꼰대 소리 듣고 싶지 않은 마음에 이 책을 쓰게 됐다고 합니다. 작가가 말하는 90년대생을 돌아볼까요.

(책읽기)

세대는 시간, 집단, 사회구조 등의 요인이 복합적으로 작용하여 형성된다. 일반적으로 세대라는 말은 사람이나 상황에 따라 다양한 의미로 사용되고 있는데, 세대 문제를 연구하는 사람들이 사용하는 세대라는 말의 의미는 크게 네 가지다. 첫째, 시간이 지남에 따라 함께 연령층을 이동하는 '동시 출생 집단'을 의미하는 경우다. 둘째, '부모 세대'와 '자식 세대'로 구분하는 것처럼 가계 계승의 원리로 사용하는 경우다. 셋째, '청소년 세대'나 '대학생 세대'라고 부를 때처럼 생애주기의 어느 단계에 있는 사람들을 통틀어 지칭하는 경우다. 마지막으로 넷째는 '전후세대'나 '4·19세대' 등과 같이 어떤 특정한 역사적 경험을 공유한 사람들을 총칭하는 경우다. 이 책에서는 세대의 개념을 첫 번째 분류인 같은 시기에 출생한 집단으로 한정하고자 한다. −41쪽.

'82년생 김지영'은 X세대인가? −43쪽.

결론적으로 국내에서의 X세대는 90년대를 풍미했던 신세대로서, 정치적 이슈에서 벗어나 경제적인 풍요 속에서 각자의 개성을 중시했던 세대라고 정리할 수 있겠다. (……) 전 세계에서

1980년대 이후 출생자를 부르는 가장 유명한 단어는 '밀레니얼 세대Millennial Generation'이다. 밀레니얼 세대라는 단어가 처음 등장한 건 1991년으로, 이는 아이러니하게 소설 《X세대》가 발간된 연도와 같다. −49쪽.

중국의 쥬링허우는 한국의 90년대생처럼 디지털 디바이스의 사용에 익숙하고, 인터넷 정보를 활용하는 것에 능하다. 그래서 중국에서는 이들을 '마우스 세대'로 부르기도 한다. 새로운 것과 유행을 추구하며 특이한 것에 강한 관심을 보이는 것도 공통점이다. −58쪽.

쥬링허우들이 20대가 되면서 주요 온라인 쇼핑몰의 고객층은 쥬링허우가 되었다. −59쪽.

멘트 저는 저를 젊은 사람이라고 생각하는데요. 90년대생은 왠지 저랑 또 다른 세대라는 생각이 드네요. 더 알아봐야겠죠. 노래 한 곡 듣겠습니다.

음악 : '내일 그대와' / 김필

멘트 지금 방송은 한국농수산식품유통공사 농식품전문자료실 이은정이 진행하는 '책, 그것이 알고 싶다'입니다. 오늘은 임홍택 작가의 『90년생이 온다』를 읽고 있어요. 이제 우리 사회에서 젊은 사람이라고 칭하는 세대가 90

년대생이 된 걸까요. 남문시장 상인 그리고 고객 여러분은 '병맛'이라는 단어를 아세요? '대체로 맥락 없고 형편없으며 어이없음'을 뜻하는 신조어라고 하는데요. 우리 사회 90년대생은 이런 단어를 사용하는 대표 주자라고 합니다. 그 내용 읽어드릴게요.

(책읽기)

〈기승전병, 새로운 병맛 문화의 출현〉 90년대생의 두 번째 특징은 바로 '재미'다. 80년대생 이전의 세대들이 소위 '삶의 목적'을 추구했다면, 90년대생들은 '삶의 유희'를 추구한다. 이들은 내용 여하를 막론하고 질서라는 것을 답답하고 숨 막히는 것이라고 생각한다. 그러다 보니 질서를 요구하거나 진중해지는 모습을 보면 바로 "어디서 진지국 끓이는 소리가 들리는데?"라며 응수한다. 진지한 척하지 말라는 의미다. 문화 현상이라고 불릴 정도로 이들이 재미를 중시한다는 것을 보여주는 사례는 많다. (……) 대표적인 사례가 '기승전병'이다. 기승전병이란 기승전결에 '병맛'이라는 신조어가 결합된 또 다른 신조어다. (……) 인터넷상에서 병맛의 개념을 가장 널리 표방하는 방식은 웹툰으로, '병맛 만화'로도 불린다. 병맛 만화의 특징은, 대충 그린 듯한 그림체, 비정상적인 이야기 구성 및 내용이다. 그러니 기승전병을 말 그대로 해석하면 이야기가 시작되고 전개되다가 절정 및 새로운 전환을 보여주고, 병맛스러운 결말을 짓는다는 뜻이다. (……) 병맛이라는 개념이 유행하게 된 이유를 완전무결함만 살아남는 답답함에서 벗어나고자 하는 욕구와 스스로를 패배자라고 인식하는 사람들의 증가라고 보는 시각이 있다. 경기침체로 자기 비하에 빠진 청년층이 스스로를 병맛으로 규정하기 때문이라는 것이다. ─97~98쪽.

멘트 스스로를 병맛이라 여기고 기승전병 웹툰에 빠진 세대가 90년대생이라는 건가요. 작가는 드립 또는 개드립에 익숙한 세대라고도 하는데요. 병맛 재미에 빠진 새로운 신세대 어떠세요. 책을 읽을수록 우리가 새로운 세대에 대해 모르는 것이 많다는 생각이 들지 않으세요. 노래 한 곡 듣겠습니다.

음악 : '사뿐사뿐' / AOA

멘트 지금 방송은 한국농수산식품유통공사 농식품전문자료실 이은정이 진행하는 '책, 그것이 알고 싶다'입니다. 오늘은 임홍택 작가의 『90년생이 온다』를 읽고 있어요. 사실 저희 회사에도 90년대생이 많은데요. 회사에 들어온 90년대생은 어떤 모습일까요?

《책읽기》

〈화이트 불편러와 프로 불편러의 등장〉 '불편러'란 단어는 불편함을 적극적으로 표현하는 사람을 뜻하는 신조어다. 개인의 권리 의식과 지식수준이 높아지면서 과거에는 문제인지 몰랐던 것이 문제였다는 것을 알게 되고, 대중이 자유롭게 의견을 풀어놓을 수 있는 인터넷의 발달로 토론과 비판 활동이 활발해졌다. 이 중심에 90년대생들이 있으며, 이들로 인해 기존에 문제가 되지 않았던 것들이 이제는 새로운 이슈로 부상하기도 한다. 한 예로, 최근 인천의 실내 디스코팡팡 DJ 두 명이 성희롱 혐의로 경찰에 불구속 입건된 사건이 발생했다. 디스코팡팡을 타러 간 중학생들에게 성희롱을 했다는 혐의에서였다. 사실 빙빙 도는 형태의 원형 놀이기구인 디스코팡팡은 DJ가 이용객들에게 던지는 입담이 주된 재미 요소다. 하지만 이 과정에서 디스코팡팡 DJ들은 손님들에게 성희롱에 가까운 발언과 불편한 말을 하기도 하였다. 기존 세대의 경우, 섹드립과 같은 말들을 웃어넘기곤 했다. 지금은 성희롱으로 여겨지는 수위 높은 발언들을 10여 년 전에는 하나의 짓궂은 농담 정도로 여겼던 것이다. 하지만 새로운 세대는 이러한 불편함을 적극적으로 문제 삼고, 경우에 따라서는 법적인 처벌을 요구하는 경우도 생겨나고 있다. 만약 10년 전과 같으면, 이러한 반응을 보이는 사람들에게 '웃자고 하는 말에

죽자고 달려든다'고 비난했을지 모르지만, 지금은 '사회의 부당
함에 대한 정당한 저항'이라는 반응이 점차 우세해지고 있다.

−123~124쪽.

멘트 정직함과 표현이 우리 새로운 세대의 특징이었군요. 저
는 개인적으로는 이런 표현이 지금 시대에 좀 필요하다
고 생각하지만요. 남문시장 상인 그리고 고객분들은 어
떻게 생각하세요? 노래 한 곡 듣겠습니다.

음악 : '봄바람' / 이문세

멘트 지금 방송은 한국농수산식품유통공사 농식품전문자료
실 이은정이 진행하는 '책, 그것이 알고 싶다'입니다.
오늘은 임홍택 작가의 『90년생이 온다』를 읽고 있어요.
남문시장 상인 그리고 고객 여러분은 누가 꼰대인지 구
별하실 수 있으세요? 우리 새로운 세대들이 사회에서
꼰대를 구별한다는데요. 우리도 테스트 한번 해보고 싶
네요. 체크 리스트 내용에 하나도 해당되지 않으면 꼰
대가 아니라네요. 1개부터 8개까지 해당하면 심각하지
않지만 꼰대는 꼰대라고 하고요. 9개부터 16개까지는
좀 심각한 꼰대, 16개부터 23개까지는 중증 꼰대랍니
다. 우리는 어느 부류에 맞는지 책 내용을 한번 살펴보

세요. 저도 테스트해봤는데요. 제 결과는요. 꼰대인 것 같습니다. 노래 한 곡 듣겠습니다.

음악 : '잠 못 드는 밤 비는 내리고' / 아이유

멘트 지금 방송은 한국농수산식품유통공사 농식품전문자료실 이은정이 진행하는 '책, 그것이 알고 싶다'입니다. 오늘은 임홍택 작가의 『90년생이 온다』를 읽고 있어요. 우리 사회 신세대인 90년대생은 상점 문화에도 영향을 주고 있다는데요. 그 내용 읽어드릴게요.

(책읽기)

〈스몰비어의 등장과 기존 프랜차이즈의 몰락〉 스몰비어란 저렴한 가격에 술과 안주를 즐길 수 있는 주점으로 압구정 봉구비어나 청담동 말자싸롱, 달려라 봉쥬이어, 달봉 감자 등이 대표적이다. 골목 틈새에 하나씩 생기던 이 저가형 프랜차이즈는 어느새 주요 역세권과 대학가에서 흔하게 찾아볼 수 있을 정도로 창업 시장에서 인기를 끌고 있다. (……) 물론 이러한 스몰비어가 이토록 짧은 시간에 영역을 넓힌 이유는 불황이 장기화되면서 투자 비용을 줄인 소자본 프랜차이즈 창업이 주목을 받았기 때문이기도 하다. (……) 스몰비어에 가면 기본적으로 크림 생맥주는 보통 2,500원으로 즐길 수 있으며, 감자튀김은 5,000원 이하로 형성되어 있다. 두 명이서 만 원이면 즐길 수 있는 것이다. 스몰비어가 인기를 끈 데에는 90년대 서민의 애환을 달래준 포장마차가 각종 단속에 의해 없어지면서 '딱 한잔 더'라는 한국 고유의 술 문화를 해결할 공간이 필요했다는 해석도 있다. (……) 중요한 것은 많은 90년대생들은 가볍게 한잔 하기 위해서 과한 안주를 시키는 호갱이 되고 싶지 않아 한다는 것이다.

−278~280쪽.

멘트 간편식이나 혼밥 그리고 소포장 채소가 농식품 유통 분야에서 상승세에 있다는 건 저도 매일 회사에서 확인하는 사실인데요. 딱히 90년대생이 아니라도 음식문화가 생활을 바꾸는 것 같은 느낌이 드는 요즘예요. 좋다 나쁘다라고 말하기는 좀 그렇지만 달라진 문화가 이색적이긴 합니다. 오늘 읽어드린 임홍택 작가의 『90년생이 온다』 어떠셨어요? 호모 사피엔스를 넘어 모바일에 강한 포노 사피엔스란 말도 나오고요. 이제 사회적 가치가 어디 있을지 세대문화를 한번 되집어볼 만한 책이라고 생각합니다. 남문시장 상인 그리고 고객 여러분, 오늘은 우리 젊은 사람들, 우리 아이들을 한번 되돌아보시는 건 어떨까요. 건강한 하루 보내세요. 지금까지 한국농수산식품유통공사 농식품전문자료실 이은정이었습니다. 감사합니다.

음악 : '낙원' / 싸이

책읽기 출처 : 임홍택, 『90년생이 온다』, 웨일북, 2018에서 인용.

5부
방송 종료

방송 준비 몇 가지

2019. 7. 6.

   방송을 준비하고 진행할 때 생각할 몇 가지를 정리해 둔다. 나중에 방송 체크 리스트를 만들어도 좋을 것 같다.

단계	생각하기
① 책 고르기	• '시즌 이슈+대중성+모든 연령 사람들의 관심'과 맞는지 고민한다. • 너무 일찍 책을 선택해 두면 대본을 쓰다 바꾸기 쉽다. 꼭 읽고 싶은 책이 있다면 방송까지 그 책만 읽고 생각한다. • 일주일 전쯤 후보 책을 골라보고, 늦어도 3일 전 방송 책을 정해야 한다.
② 대본 쓰기	• 날씨, 계절, 명절 이슈 등을 대본 내용으로 쓰지 않는다. 당일 시장 상황에 맞지 않는 경우가 있는데, 방송 직전엔 대본을 수정하기 어렵다. • 되도록 방송 3일 전부터 대본을 쓰고 하루 전, 상인회에 내용을 공유한다. • 방송은 1부터 100까지 듣는 사람에게 맞춰야 하지만, 방송에서 읽을 책과 틀 노래는 진행자의 취향과 예감도 반영해야 한다. 진행자가 공감해야 방송이 자연스럽고 듣는 사람은 감동받는다. • 1년 방송을 미리 상상해 대강의 월별 주제를 계획해 두자.

단계	생각하기
	•책읽기 내용 길이는 책읽기 다음에 틀 음원의 길이와 비슷하도록 맞춘다.
③ 방송 준비	•방송 당일 농식품 동향과 시장 공지를 확인하고 현장에서 내용을 추가한다. •방송 당일 시장과 상인 분위기, 골목 속 사람 밀집도를 체크하고 음향을 조절한다. •틈날 때마다 목을 충분히 풀어준다. 방송 전에 물이나 차를 너무 많이 마시면 화장실을 자주 가야 하니 적당히 마신다,
④ 방송 책읽기	•책읽기 중간에 기침을 하거나 목이 잠기면 듣는 사람들은 기침소리에 집중하고 듣던 내용에 관심을 두지 않는다. 반대로 마이크를 멀리 두고 한 기침은 내용을 강조하는 효과음으로 이용할 수 있다. •나처럼 목소리가 낮은 사람은 대강 '파' 음높이로 읽는다. •읽는 속도는 보통 대화의 0.1~0.2배속으로 맞춘다. •이미 방송을 시작했다면 시장 분위기보다 책읽기에 집중한다. •책읽기와 음악 틀기의 시간은 비슷하게 조정한다. 요즘 음원은 예전보다 길어 4분 정도다. 듣는 사람은 음악과 낭독을 비슷한 수준으로 이해하는데 음악을 듣듯이 책읽기를 들을 수 있도록 시간과 분위기를 비슷하게 조정하면 음악과 책읽기를 비슷한 패턴으로 이해해 쉽게 적응한다. •책읽기를 너무 길게 하면 안 된다. •듣는 사람은 1분만 길어져도 나머지 내용을 포함한 전체를 지루하다고 생각한다.
⑤ 마무리	•평가하되 실수를 탓하거나 되새기지 않는다. 시장은 다녀가는 곳이므로 생각도 머무름이 없다. 시장 사람들은 지난 방송의 실수를 생각보다 빨리 잊는다.

단계	생각하기
	●지나는 말로라도 방송 후 반드시 시장 반응을 확인하고 메모해 둔다. 방송 의도를 방송 전이나 후에 방송단, 상인회에 전달해 두면 좋다. ●대본, 음성 녹음, 녹화영상, 일기, 읽은 책, 메모 등 기록은 빠짐없이 모아 회별로 정리해 둔다.

전통시장에서 SF를 읽다

2019. 7. 7.

　이번 책 방송 후보는 김초엽 작가의 『관내분실: 제2회 한국과학문학상 수상작품집』과 박찬일 셰프의 『오늘의 메뉴는 제철 음식입니다』 두 권이다. 두 권 모두 개인적으로 좋아하는 작가들이 썼고 정말 재미난 내용이라 생각한다. 하지만 이번 시장방송에서 듣는 사람들이 나처럼 재미있어 할지 잘 모르겠다.

　김초엽 작가 이름은 올해 초 한국과학문학상* 수상작 목록에서 처음 봤다. 작가의 단편소설인 「관내분실」이 대상이었다. 젊은 과학자가 우리 미래를 상상하고 소설로 써서 상을 받았다니 장했다. 다른 나라에서는 아이작 아시모프 같

....

* 머니투데이가 주최하는 SF 소설 분야 신인문학상으로 2016년 첫 공모를 시작했다. 1회 대상은 이건혁의 「피코」가, 2017년 2회 대상은 김백상의 장편 「에셔의 손」, 김초엽의 단편 「관내분실」이, 2018년 3회 대상은 박해울의 장편 「기파」, 이신주의 단편 「단일성 정체감 장애와 그들을 이해하는 방법」이 받았다.

은 과학자가 현재나 미래에 대해 쓴 소설이 많은데 유독 우리나라에서는 아직까지 그런 시도가 많지 않았다. 아직 과학소설 읽기에 대한 취미나 흥미가 형성되지 않은 것 같다. 어슐러 르귄 이후 다시 판타지나 SF 작가와 인연을 맺을 수 없을 것 같았는데, 김초엽 작가의 소설을 읽고 살짝 웃었다. 그래도 전통시장에서 SF라니, 얼마나 살릴 수 있을까?

박찬일 셰프는 음식보다 책이나 강연으로 더 많이 마주한 '작가'다. 요즘 텔레비전에서 음식 관련 예능 프로그램에 게스트로 출연한 전문 셰프들을 자주 볼 수 있는데, 박찬일 작가는 텔레비전 프로그램에서 자주 보지 못했다. 나는 미식 전문가가 아니고 그가 만든 요리를 직접 먹어본 적이 없어서 박찬일 작가가 얼마나 훌륭한 요리사인지 잘 모른다. 하지만 신문 칼럼이나 에세이로 읽어본 그는 작가로서 빼어나다. 이태리 요리가 전문이라고 들었는데 몇 년 전 광화문에 돼지국밥집을 열었다는 소식을 듣고 도전을 두려워하지 않는 사람이라고 생각했다. 강연에서 본 작가는 서글서글하고 옆집 아저씨 같은 친근한 인상이었고 책이나 강연 내용을 떠올려 짐작하면 한식에 대해 애정이 대단한 것 같았다. 고른 책도 주제가 우리 먹거리였다. 시장과 잘 어울리지만, 다

룬 식재로 생선이 많아 지난번 방송했던 황선도 박사의 책*
과 겹친다.

　요즘 나는 방송을 구경하러 오신 분들께 나를 가리켜 '능
수능란한' 디제이라고 소개한다. 이제 시장방송을 어려워하
지 않겠다는 자신감의 표현이자 열심히 하겠으니 응원해 달
라는 부탁이다. 몇 년 전 시장을 처음 찾아 어리바리했던 모
습을 떠올리면, 당당함을 넘어 뻔뻔해졌다. 그럼에도 불구
하고 이번 후보작들은 시장에서 읽기 망설여진다. 하긴 뭐
를 읽든 "얘는 저 좋은 것만 읽어"란 말은 피할 수 없을 것
같다. 두 책 모두 최근에 발견한 근사한 작품들이니, 이 불안
은 내 읽음치에 대한 행복한 고민이다. 어떤 책을 읽든 매순
간이 도전이다.

2019. 7. 9.

　오늘은 전통시장인 남문시장에 SF 소설을 들고 왔다. 고
민 고민하던 끝에 김초엽 작가의 미래과학소설인 「관내분
실」을 골랐다. 시장에서 SF 소설을 읽는 건 아마 내가 세계

....
* 황선도, 『우리가 사랑한 비린내』, 서해문집, 2017., 23회 방송(2017. 9. 19.)

최초가 아닐까? 시장방송을 시작하고 이곳에서 최초가 아닌 게 있나 싶지만, 말로라도 생색을 내고 싶다.

「관내분실」은 미래 도서관을 배경으로, 돌아가신 엄마의 기록을 찾는 이야기이다. 소설 속 도서관은 더 이상 책을 보는 공간이 아니고 사람들의 시냅스* 패턴을 스캔해 시뮬레이션하는 공간이다. 지금 옆에 없는 누군가를 보고 싶을 때 도서관에서 그 사람의 생전 기록을 검색해 찾으면 마치 살아 있는 사람을 옆에 둔 것처럼 대화하고 감정을 나눌 수 있다. 요즘 빅데이터 빅데이터 하는데 이 소설에서 그린 도서관이 지금 있다면 아마 대단한 빅데이터 성공 사례가 됐을 거다. 하지만 오늘 내가 이 소설을 고른 이유는 뇌과학이나 첨단기술을 소개하기 위함이 아니었다. 과학기술을 빌어 딸이 엄마를, 가족을 찾아 서로의 의미를 되새기는 여정이 지금 우리가 사람들 사이에서 겪는 이야기들과 멀지 않아서였다. 인간적인 과학소설이랄까. SF 소설이 미래의 기술이나 사회를 상상한 이야기라도 마냥 어렵거나 허무맹랑하지 않

---

* Synapse. 생물의 신경세포 말단이 다른 세포와 접합하는 부위, 이 부위에서 신경세포는 다른 세포에 물질을 전달하는데 이 과정으로 뇌와 신경의 신호가 몸의 각 조직에 전달된다. 몸이 느끼는 감정 변화, 의사 결정, 움직임 등이 이로 인해 이루어진다.

고, 읽어서 지금의 우리를 비추어 볼 수 있다는 생각을 전하고 싶었다.

그래서 이번 방송은 처음부터 대본 쓰기보다 시장에서 어떻게 읽을지가 고민이었다. 읽을 책이 사람들에게 어려울 것 같았다. 이야기 구조는 단순한데 소설을 읽자면 비교적 낯선 과학기술을 설명해야 했다. 최대한 짧게 설명하고 싶은데 좋은 표현을 찾지 못했다. 대본 쓰는 마지막까지 고민하다가 사람들이 지루해할 것 같으면 음악이라도 많이 틀겠다는 생각으로 마무리하고 오늘 방송실로 왔다.

방송 중 음악 송출 불량 사고가 두 번 있었던 것을 빼면, 기계와 음향 상태가 대체로 양호했다. 책읽기도 막힘이 없었고, 기술 점수도 그만하면 합격이었다. 호불호가 강한 어르신들께 이 낯선 SF라는 장르가 어떻게 들릴까? 그나마 다행인 건 소설 배경이 한국이라 주인공 이름이 우리말이고 감정 표현이 우리 정서에 맞는다는 정도였다. 이제는 은근히 책방송을 찾아 듣는 분들이 있어서 책 내용이 이상하거나 잘못 읽은 날은 분명하게 말씀을 해주시는데 오늘은 방송 후기 듣기가 두려웠다.

방송이 끝나고 제일 많이 들은 말이 '이게 SF냐'였다. SF라고 하니 어벤저스급 우주 영웅기나 블록버스터를 읽을 줄

아셨나 보다. '그냥 옛날 라디오에서 자주 듣던 드라마 같다', '어디 가면 잃어버린 사람을 다시 만날 수 있냐', '신기하다', '재미있다' 등등 그 외에도 반응이 다양했다. 물론 소설에 나온 몇 가지 낯선 단어들을 따로 설명해야 했지만 대체로 긍정적인 의견들이었다. 김초엽 작가가 글을 자연스럽게 쓴 건지 내가 실감나게 읽어서인지 이 반응의 이유를 잘 모르겠지만 다행이었다.

'드디어 시장 사람들이 책읽기 방송에 중독되신 건 아닐까.' 잠깐 생각하고 머리를 흔들었다. 방송하는 디제이들끼리 긴장을 떨치고 싶을 때 '시장방송은 일방적이라 중독성을 만들어낸다'는 말을 장난처럼 기도처럼 주고받는다. 시장 골목에 울려 퍼지는 방송이 낯설어 처음엔 '저게 뭐야' 하던 사람들도 장사하다 안 들을 수 없고, 듣다 보면 방송을 기다리게 된다는 상인분들의 말을 빗댄 말이었다. 오늘 읽은 책 내용을 사람들이 공감하기 쉽지 않을 거라고 생각했는데 방송 후 사람들이 보여준 반응이 생각과 달라서 신기했다.

책이 없어지는 건 읽는다는 신호다

2019. 7. 16.

오늘부터 수원시 대표도서관인 선경도서관과 aT 농식품 유통교육원 전문자료실이 협력한다. 선경도서관이 설치한 북트럭에 우리 자료실이 방송책을 코너로 두고 운영한다. 작년 이맘때 몽골카페 구석에서 선경도서관이 설치한 북트럭*을 발견하고 지켜봤다. 처음에는 책이 제법 꽂혀 있었는데 슬슬 없어지더니, 최근에는 수원시에서 발행하는 홍보물이 책 대신 자리를 차지하고 있었다. 시장분들이 책에 관심을 갖고 빌려가셨겠지?

몇 주 전 선경도서관 노영숙 관장님 전화번호를 수배해 전화를 드리고는 다짜고짜 뵙고 싶다고 물었다. 북트럭 일도 여쭙고 시장에서 제일 가까운 공공도서관인 선경도서관을 한번 들러보고도 싶었다. 관장님 전화 목소리는 친절하고 부드러워 여성스러웠는데 직접 만나보니 작은 체구지만

....

• 원래 이름은 '레인보우 책수레 도서관'이다.

당당한 기세가 대장군 못지않았다. 도서관을 찾아간 날, 우리는 관장실의 작은 테이블을 사이에 두고 앉았는데 관장님은 '왜 보자고 했냐?'는 질문을 하셨다. 부드러운 말이었는데 나는 그만 기세에 압도당해 '그냥 보고 싶었다'고 말했다. 뜬금없는 고백도 아니고 그렇게 대답하는 내가 당황스러웠다. 도서관에서 오래 일한 선배들을 만나면 나는 말이 많아진다. 이야기는 대부분 소소하게 시작해 안타까운 현실로 끝을 맺는다. 그날도 난 말을 많이 했다. 하지만 딱히 무엇을 해보자는 구체적인 계획이나 약속을 만들지 않았다.

뵙고 온 후에도 별다른 연락을 드리지 않다가 지난 주 남문시장에 설치된 선경도서관 북트럭에 그동안 책읽기 방송을 했던 책을 모아서 '방송 책' 코너를 만들었다. 북트럭은 원래 남문시장 내 네 곳에 설치되어 있었는데, 지금은 못골시장 못골카페, 영동시장 청년몰에만 남아 있었다. 방송책 코너는 두 군데에 각각 설치했다. 사실 코너라고 부르기엔 무색하게 책 몇 권 꽂고 안내문을 붙인 게 전부였지만 사진을 찍어 관장님께 문자로 '설치했다'며 통보 아닌 통보를 드렸다. 무슨 배짱인지.

내가 생각하기에 북트럭 책장에 빈 곳이 생긴다는 것은

좋은 신호다. 책에 관심을 갖고 빌려 가는 사람들이 있다는 말이니까. 게다가 내가 방송을 하는 동안 '방송 책' 코너에 책을 계속 채워둘 생각이니까 북트럭에서 책이 가끔 없어져도 괜찮다. 이 정도라면 코너를 마련한 의미는 충분한 것 같다. 책은 내 용돈으로 사서 둘 계획이다. 내 주머니가 털려도 좋으니 북트럭이 채워지고 또 비워져서, 많은 사람들이 책을 돌려 읽었으면 좋겠다. 홍보실을 통해 보도자료를 냈고 몇 매체가 우리 협업을 기사로 게재했다. 원하는 일을 할 땐 이상하게 머리가 담담해지고 손발이 알아서 움직인다.

『우리 동네 씨앗 도서관』

2019. 8. 14.

  아침부터 푹푹 찐다. 습도마저 높아 움직이기만 하면 땀
이 줄줄 흐른다. 어제 나주 출장이 있어서 주말에 이미 대본
을 써두었더랬다. 회사 부서에서 방송을 포함해 내가 하는
사회공헌활동에 대해 안 좋은 이미지를 가지게 된 것 같다.
대본 쓰는 일이 쉬운 건 아닌데, 방송 대본을 한번 보여주면
인상이 좀 나아질까? 한 가닥 희망을 잡고 아침 일찍 메일로
대본을 부서 사람들과 공유했다.

  이번 책은『우리 동네 씨앗 도서관』이다. 책을 보고 특이
하다고만 생각하고 그냥 지나칠 뻔했는데 회사에서 한국의
종묘산업에 대해 이야기를 들은 후에 다시 관심을 가지게
됐다. 게다가 이 책을 쓴 홍성 씨앗 도서관의 씨앗 나누기 활
동은 몇 년 전에 한국도서관협회 사무총장님께 들은 적이
있었다.

  오늘은 내일신문 문화체육 담당인 송현경 기자님도 온다

고 했다. 서울에서 수원까지 또 수원역에서 남문시장 방송국까지 길이 멀다. 남문시장이 얼마나 넓은데 미리 와서 스케치는 한 걸까? 아마 아닐 거다. 분명히 길을 몰라 허둥지둥 전화할 거라고 생각했다. 방송국에 도착하고 손님 맞을 준비에 바쁜데 기자님으로부터 전화가 걸려왔다. 남문시장에 도착하고도 방송국을 도저히 못 찾겠단다. 마중 가고 싶었지만 방송 세팅 중이라 나갈 수 없으니 알아서 찾아오라고 웃으면서 말했다. 전화를 끊고 나자 영상촬영 기자님이 방송국 문을 열고 들어왔다. 송 기자님 좀 구출해 와달라고 부탁하려는데 땀에 절은 얼굴이 보였다. 부탁 대신 미리 사놓은 차가운 커피를 건넸다.

송 기자님을 더 기다리고 싶었지만 방송 시간 약속을 어기면 시장분들이 불편해하실 것 같았다. 곧 방송을 시작한다는 안내를 내보내고 방송 기계를 준비했다. 전엔 남문시장 음향기기 다루기가 너무 어려웠는데 시간이 약이라고 이제는 익숙했다. 아직 모바일과 영상송출 준비가 좀 헷갈렸지만 기계 오작동에도 당황하지 않는 수준이 됐다. 방송 녹음버튼을 누르지 않았다고 속으로 투덜거리면서 오프닝 멘트를 하고 첫 번째 노래를 틀었는데, 송 기자님이 허겁지겁 들어왔다. 머리를 질끈 묶고 운동화를 신은 차림에 한 손에는 노트북을 들었다. 얼른 일어나 마이크와 헤드폰을 세팅해드렸다.

씨앗 도서관은 우리나라 종묘산업이 IMF 직후 대부분 해외자본으로 넘어간 후 생긴 기구 또는 공동체다. 왜 생겼고 어떻게 운영되는지가 중요하다기보다 하나의 현상으로 이야기하고 싶다. 어그러짐이 만든 나비효과랄까. 사람들이 벌인 일을 다시 거스르려면 얼마나 많은 노력을 들여야 하는지 알려주고 싶다. 씨앗 도서관이나 그 공동체 활동이 고되지만 기약 없음을 알리며. 이것이 종묘산업을 뒤로한 우리에게 주어진 결과고 지금 우리는 현재를 급히 되돌아봐야 한다고 알려주고 싶다.

방송 중 즉석에서 송 기자님에게 책읽기를 제안했다. 방송 스피커로 나오는 송 기자님의 목소리를 듣고 싶었다. 처음 본 대본을 단박에 잘 읽는다는 건 한눈에 맥락을 파악하는 눈이 있다는 뜻이겠지. 테스트처럼 장난을 걸고 싶었다. 생각대로 송 기자님은 침착하고 발음에 어그러짐이 없이 잘 읽었다. 목소리가 좀 작아서 음향 조절이 어려웠지만 이만하면 충분히 멋졌다. 책을 세 꼭지나 읽었다. 방송이 끝나고 "무슨 말을 한 건지 하나도 기억이 안 나요"라기에, "우리 방송이 원래 정신이 없어요. 그래도 오늘은 외부에서 손님이 오셨다고 상인분들이 조용히 지나가주신 거예요"라며 너스레를 떨었다.

사실 송 기자님과 나는 도서관 담당 기자와 사서로서 전부터 연락을 해온 사이였다. 오늘 방송은 전통시장 책읽기 방송을 한번 보고 싶다는 송 기자님에게 몇 달 전부터 출연해주시라 부탁해 성사된 결과였다. 송 기자님이 방송에 오면 도서관이나 방송에 관해 나눌 말이 많을 것 같아서 기대하고 있었다. 그런데 오늘 우리는 방송을 마감하느라 감히 종묘산업이며 도서관에 줄 도움을 논할 처지가 아니었다. 방송을 끝까지 같이 해냈다는 사실만으로도 큰일을 이룬 것 같은 기분이 들었다. 대강의 시장 스케치까지 마무리하고 다시 사무실로 들어간다는 송 기자님 일행을 배웅하면서 멀리서 온 친구를 밥 한 끼 대접하지 못하고 보내는 것 같은 아쉬운 마음이 들었다.

『여행의 이유』

2019. 9. 24.

　밤새 잠을 못 잤지만 급한 대로 대본을 완성했다. 아침 산
책도 건너뛰었다. 강아지 녀석이 내게 심술이 났지만 별일
없이 내가 현관을 나설 때까지 견뎌줬다. 시장에 잘 도착했
는데 차를 주차하다가 좁은 주차장에서 사이드 미러를 날려
버렸다. 시장 주차장은 좁은 공간이라 남은 자리를 지켜보
며 움직여야 하는데 그새 잊었다. 내 오랜 친구를 짝눈으로
만들었지만 그래도 옆자리가 벽이라 다른 사람 자동차는 건
드리지 않았다. 다행이었다.

　명절 후 첫 방송이었다. 오늘 읽은 책은 김영하 작가의
『여행의 이유』다. 명절 이동으로 지친 분들께 드리는 작은
선물이었다. 못골시장에서 방송했는데 마이크 음향 불량으
로 목소리가 모기소리처럼 작게 나왔다. 하지만 오늘도 상
인분들은 민원 없이 방송을 견뎌주셨다. 요즘은 방송이 부
족해도 웬만해선 항의하시는 분이 없다. 방송을 그만두지

말라고 지켜주시는 마음인 것 같아 감사했다.

방송을 마치자 못골카페 사장님과 그린나물 사장님이 내 점심을 챙겨주셨다. 반찬 양념이 좀 매워 속이 따가웠는데 다행히 주머니에 약이 한 봉지 남아 있었다. 안 그래도 요즘 속이 불편해서 처방받은 약을 먹고 있던 중이었다. 시장을 나온 뒤, 망가진 사이드 미러를 고칠 수 있는 공업사를 알아보고 부품을 구하느라 부품사 세 군데를 뛰어다녔다. 오늘 안에 고칠 수 있다고 했다. 또 다행이었다.

2019. 9. 25.

새벽에 고모가 돌아가셨다는 연락을 받았다. 나의 아버지는 6·25전쟁에 북에서 남으로 내려온 전쟁세대인데, 대학을 졸업하고 결혼하기까지 가족과 헤어져 사셨다. 아버지는 전쟁통에 헤어졌던 누나와 남동생을 1984년 KBS '이산가족찾기' 방송을 통해 용케 만나셨다.

장례식장에서 큰누나를 보내는 두 형제의 모습이 뇌리에 남았다. 종일 맘이 떨렸다. 어제 고모가 나를 찾으셨다는데, 얼른 보러 오라고 고단한 부름을 하셨나보다. 급하게 지방으로 내려오느라 긴 시간을 운전했지만 피곤하지 않았다. 죄송하고 슬픈 마음이 섞였다. 고모의 몸과 마음이 이제 편안하시길 바란다.

국방과학연구소 황재영 박사님이 쓰고 도협이 발행해 따끈따끈한 도서관 마케팅 매뉴얼* 『우리 도서관을 팝니다』를 받았다. 9장 독서마케팅 내용에 우리 방송 내용이 실렸다. 책에 내용을 넣고 싶다고 연락하신 게 작년 이맘때였다. 1년간 작업을 마무리하셨나 보다. 내용을 보니 이런저런 고생한 흔적이 보였다. 내 방송이 전문서적에 좋은 사례로 실리다니 영광이다. 인사를 드리려고 메일을 쓰다가 문득 부러운 마음이 이어졌다.

'전통시장 책 방송도 기록으로 남길 수 있다면 좋겠다.' '노트북 폴더에 대본이랑 일기가 산더미처럼 쌓여 있는데…….' 실력이 미천하여 아직 생각뿐이다. 언젠가 장풍을 쏘게 되는 날이 오면.

....

• 주자나 헬린스키, 황재영, 『우리 도서관을 팝니다』, 한국도서관협회, 2019.

늙지 않을 시간

2019. 11. 7.

목요일은 방송단장님 가게가 쉬는 날이기 때문에 특집방송 등 방송국 단체 일정을 잡기 쉽다. 아무래도 방송국 전체가 하는 행사에 방송단장님이 있어야 한다. 200회 특집방송은 역시 목요일로 잡혔다. 특별히 못골시장 동아리가 출연해 기타 연주도 한단다. 어제 저녁 게스트 명단을 봤는데 여섯 명이나 됐다. 두 시간 안에 방송을 끝낼 수 있을지 걱정이었다.

아침 일찍 도착해 못골시장을 돌아보니 오복떡집, 그린나물, 못골카페 다 문을 닫았다. 방황하지 말고 당장 추위를 피할 곳을 찾아야 했다. '이럴 땐 나주곰탕이지.' 박노철 사장님을 오랜만에 뵈어야겠다. 못골시장에서 개천을 건너 10분을 굽이쳐 걸으니 나주곰탕 간판이 눈에 들어왔다. 가게 문을 열고 들어가자마자 곰탕 스팀이 얼굴에 와 닿았다. 아침식사 중이던 박노철 사장님이 "아니, 이게 누구야?" 하고 놀라신다. 오랜만에 본 얼굴인데도 내가 물색없이 너스레를 떠니 웃으면서 반겨주셨다. 식사하시는 틈에 방송단장님과 통화했는데 대뜸 나주곰탕 사장님을 바꿔 달라고 하셨다. 전화기를 건네고 옆에서 들으니 "밥을 혼자 먹냐. 애를 앞에 두고 왜 밥을 혼자 먹냐"라며 방송단장님이 신소리를 내지르셨다. 역시 방송단장님이다. 시장 인심은 알게 모르게 몸에 새겨져 잊히지 않나 보다.

식사를 마친 사장님과 나는 방송국으로 자리를 옮겼다. 도착하자마자 인사할 겨를도 없이 방송실을 체크하고 사무실을 정리하고 손님 맞을 준비로 부산을 떨었다. 손님이 방송국으로 바로 오시나? 궁금해하는데 별 디제이가 다과를 큰 봉투 가득 사들고 낑낑거리며 올라왔다. 방송실은 춘우 디제이가 일찌감치 세팅 중이란다. 누가 시키지 않아도 알아서들 척척이었다.

내가 오랜만에 방송국에 왔다고 난리였다. 수철 디제이가 도착했는데 오자마자 나를 보고 잠시 사라졌다가 양손에 인삼이 가득 든 까만 봉지를 들고 나타났다. 수철 디제이와 내가 방송국 막내들이니 오랜만에 힘 좀 쓰려면 필요하다나? 내 가방에 세 뿌리, 입에 두 뿌리를 넣어줬다. 지난 100회 공연에서 러닝메이트로 망가진 동지다웠다.

인원으로 치면 초대박 게스트 방송이었다. 수원시, 수원시의회, 9개 상인회 사람들이 모두 모였다. 오늘은 나도 게스트였다. 사람이 많아 자기 차례에 방송을 하려면 오래 기다려야 해서 불평이 나올 것 같았는데 모두 즐겁게 잘 견뎠다. 감사하는 마음으로 방송국 막내들은 오늘도 우아하게 망가졌다. 200회 방송 마무리는 노철 디제이와 내가 했다. 게스트로서 마이크 앞에서 정색하려니 어색했지만 영광이었다.

2019. 12. 4.

나주곰탕 박 사장님이 갑자기 전화를 하셨다. "아니 왜 연락이 안 돼요? 사부가 꼭 전화를 해야 쓰겠어요? 송년회 전원 참석이여. 이제사 '일정 본다, 장소 보고 말한다', 그런 말 하기만 해봐요. 전원 참석이야." 들어도 무슨 얘기인지 도통 영문을 몰라 재차 물었다가 무심하다고 된통 욕만 먹었다. 아차차, 신랑이 생일 선물로 얼마 전에 휴대폰을 사주었는데, 새것으로 세팅하고는 시장 사람들과 소통할 메신저 프로그램을 설치하지 않았던 것이다. 설치하지 않았다는 사실도 지금까지 깜빡 잊고 있었다. 부랴부랴 프로그램을 설치하고 보니 그새 방송단 송년회 날짜와 장소에 대해 다양한 의견이 오고 갔다. 통화 처음부터 으름장 놓는 모양새를 보니 총무를 맡은 사장님이 고생을 좀 하셨나보다.

메신저 단체 채팅창으로 그동안 시장에서 있었던 일들을 찬찬히 읽어보니 난리도 아니었다. 세상에나 오늘 오전 11시쯤 남문시장 패션1번가 중국집 주방에서 요리 중 불이 나 매장과 그 일대가 쑥대밭이 됐단다. 불이 난 초기에 맞은편에 위치한 나주곰탕에서 불을 발견하고, 사장님과 주변 상인분들이 대형 소화기를 들고 불을 꺼 그나마 불이 번지는 것을 잡았단다. 불이 난 중국집은 전소했지만 같은 건물 다른 매장은 조금 피해를 입는 정도로 끝났다고 한다. 다행히 나주곰탕도 무사했다. 중국집과 나주곰탕은 폭이 1미터도 안 되는 좁은 길을 사이에 두고 있었으니 아찔했다. 상한 사람이 없어서 더 다행이었다. 평소 시장 매출이 영 늘지 않는다고 걱정이었는데 불까지 나 풀 죽어 있을 사람들 얼굴이 떠올랐다.

전통시장에서 방송이 필요한 이유로 첫째가 재난에 대한 대처나 예방일지 모르겠다는 생각이 들었다. 안 그래도 전부터 화재나 물난리 같은 재난 대비에 대한 매뉴얼을 방송에서 종종 내보냈었다. 하지만 이번 사고로 좀 더 종합적이

고 전문적인 재난 대비 프로그램을 만들어야 한다는 생각이
들었다. 시나리오를 쉬운 말로 짧게 녹음해 두고 방송 중간
중간에 내보내도 좋을 것 같았다. 송년회에 가서 말씀드려
봐야겠다. 아무튼 이번 일로 나주곰탕 사장님은 여러모로
용감한 상인이 되셨다.

<hr>

2019. 12. 9.

어제 비가 왔고 밤이 추워 길이 얼었다. 송년회 장소엔 역
시 어르신들이 제일 먼저 와 계셨다. 시간을 맞춰 도착했지
만 일찍 와서 기다리는 분들을 보고 늦은 것처럼 죄송한 마
음이 들었다. 주차하는 중에도 '어서 오라'는 전화를 세 통
이나 받았는데.

오늘 이야기의 주제는 이번 상인회가 방송단에게 약속한
운영비였다. 방송국을 운영하기에는 빠듯하지만 상인회 입
장에서는 큰 결정을 내린 것이었다. 엄청난 성과라고 서로
들 축하했다. 어떻게 준비하고 결정된 사정인지는 알 수 없
었지만, 상인회가 내년 방송에 큰 힘을 실어주신 거라 기뻤
다. 방송국장님이 애를 많이 쓰신 것 같았다.

술이 돌면서 한마디씩 덕담을 나눴는데 술이 더해질수록
그 순번이 자주 돌아왔다. 시장에는 아직 1980~90년대 송

년회 분위기가 살아 있었다. 좋은 덕담이 많았는데 한창석 사장님의 말씀이 기억에 남는다. 사장님은 남문시장 방송국이 개국할 때 내 짝꿍 디제이셨다. 물론 짝꿍을 오래 하지는 않았지만 아직도 만나면 좋은 말씀을 많이 해주셨다. 물론 오늘 하신 말씀도 명언이었다.

"몸과 마음이 젊어야 해. 늙으니까 눈도 거의 안 보이고 생각하기도 힘드네. 자네는 망나니처럼 늙지 말아. 몸도 마음도 늙지 말아."

다시 시작

2020. 1. 7.

퇴근 직전에, 상반기 인사발령 예고문에서 내 이름을 발견했다는 전화를 받았다. 깜짝 놀라 인트라넷 게시판을 열어보니 정말 내 이름이 있었다. 지역본부로 발령 났다. 지역 전보에 대한 소문이 있었지만 나는 그럴 리 없다고 생각했다. 제일 먼저 책 방송이 걱정됐다. 방송뿐인가 독서교실, 도서전시, 자료실 운영 다 그만둬야 한다. 당수동 아이들은 어찌해야 하나. 당장 회사에 항의도 하고 발령을 취소해 달라고 사정도 해야 하는데 입이 떨어지지 않았다.

2020. 1. 8.

종일 비가 추적추적 내렸고 저녁 시간 사당역에 도착하니 사람이 바글바글했다. IFLA 2006 멤버가 사당에 다시 모였다. 새해 인사를 드린다며 모이자 미리 여쭸었다. 그동안 시장에서 한 방송을 책으로 내겠다는 말씀도 드리고, 그간 방송했던 일도 늘어놓을 생각이었다. 그런데 어제 난 인사발령으로 이야기는 온통 사서직 위기와 방송 중단을 어떻게 수습할지에 몰렸다. 도서관은 수익기관이 아니어서 도서관을 운영하는 정부나 기관은 도서관 운영 예산을 편성하거나 전문사서를 일할 사람으로 두는 데에 늘 부담스러워 한다. 덕분에 매년 공공도서관 운영 예산이 줄거나 문을 닫는 사립 도서관이나 자료실이 늘고 운영을 해도 전문사서를 두지 않아 어려움을 호소하는 곳이 많다. 그러니 도서관이나 도서관에서 하는 서비스들은 한 번 중단하면 다시 하기가 어렵다. 자리에 계신 모두, 각각의 현장에서 비슷한 어려움을 겪었던 터라 이런저런 얘기를 하셨지만 답이 없었다. 울고 싶은 심정이었는데 그래도 장하다고 고생했다고 등을 두드려 주시니 위로가 됐나. 책 방송 50회 기념으로 책을 내려다가 회고로 내겠다며 또 반문이처럼 웃었다.

수도권 농식품 생산지에서 도심으로 올라오면서 사람들의 인문학에 대한 욕구가 커지더란 현장 경험을 말씀드렸다. '아무래도 시장에서 인문학은 도매보다 소매랑 잘 어울린다.' '소매점에서 인문학을 이용해 매출을 올렸다는 사례는 연구도 있고 일본이나 다른 나라에도 많았다.' '농식품 도서전시로 확인했는데 로컬푸드와 독립서점이 너무 잘 어울린다'고도 말했다. '낭독 버스킹은 어떤가.' 사실 방송 다음으로 낭독 버스킹을 해보고 싶었다.

머릿속에 몇몇 아이디어가 떠오르는데 다 말하지 못했다.

2020. 1. 9.

아침에 못골시장 방송단장님께 메시지를 보냈다. 지역본부로 발령이 나서 방송을 중단해야 한다고. 방송을 잠정 중단하지만 다시 오면 받아주시길 바란다는 부탁도 드렸다. 장사로 바쁜 시간이라 답장이 오지 않을 것 같았는데 바로 답장이 왔다. "넌 이미 시장 사람인데 뭘 또 다시 받아주냐. 그런 마음이었냐"고 타박이셨다. 그러고는 어제 숯불김 사장님이 돌아가셨다는 소식을 전해주셨다. 어제까지 시장 사람들도 아무도 몰랐다며. 안 그래도 어제부터 울컥했는데 핑계 김에 사무실에서 혼자 시원하게 울어버렸다.

오후엔 사무실로 미화 여사님이 내 발령 소식을 듣고 찾아오셨다. 회사에서 비정규직 운동을 하면서 2018년 회사의 파견/용역 비정규직-정규직 전환을 도왔는데 여사님은 그때 자회사로 전환되신 분들 중 한 분이었다. 1년간 회사에서 전에 없이 사람대접을 받은 것 같아서 좋았다며 고맙고 미안한 마음이 큰데, 어떻게 표현할지 모르겠다는 말씀을 하셨다. 노동조합을 만들면서 제일 먼저 우리 여사님들이 편하게 일하셨으면 좋겠다고 생각했었다. 전환 과정에서 원했던 바를 완벽하지 이루지 못했지만 오늘 여사님을 보고 기뻤다.

<u>2020. 1. 20.</u>

다른 사업장으로 옮기고 나면 나는 무슨 일을 할 수 있을까? 사실 무슨 일인들 못할 것도 없었다. 4년 동안 나는 시장과 책이 주는 재미와 위로를 맘껏 누렸다. 시장 현장에서 사람들의 책읽기를 도와보겠다며 방송을 했지만 방송하는 동안 오히려 내가 큰 도움을 받았다. 무엇보다 인생 최대량의 책을 읽었다. 방송이 준 읽을 기회였다. 방송을 배우고 시장에 맞는 책을 찾느라 고된 시간도 있었지만, 시장은 늘 활력이 넘쳤고 방송 부스는 지친 마음을 쉬어갈 수 있는 나만의 공간이 되었다. 돌이켜보면 그 공간에서 얻은 힘으로 사람들을 도울 용기를 냈던 것 같다.

전통시장 매출이 줄어들고 있다고 걱정들이다. 매출이 줄어 어떤 시장은 없어질지도 모르지만 시장은 앞으로도 사람들에게 힘을 주는 곳이 될 수 있을 것 같다. 사람들이 그 힘을 알아주면 좋으련만. 부족하지만 지난 4년의 경험을 사람들과 계속 나눌 수 있기를 바란다. 서툰 체험을 반복하다 보면 삶이 의미 있게 변하지 않을까. 다행스럽게도 우리 방송 소식을 들은 다른 시장에서 다양한 형태로 방송활동을 준비한다는 소식을 들었다. 생각해보면 방송도, 지금껏 해온 일들도 혼자만의 노력이 아니었다. 사람들이 있고, 더 잘 살 필요가 있는 한 끝이란 없는 것 같다. 추운 날을 보내고 광에서 씨앗을 꺼내는 농부처럼 '이제 다시 시작'이란 말을 되뇌어 본다.

① 몽골카페 안, 수원 선경도서관 레인보우 책수레 내 방송 책 코너,
② 남문시장 방송 200회 특집(2019. 11. 7.),
③ 개국방송 짝꿍 디제이 용성통닭 한창석 사장님과 함께

① 내일신문 취재, 왼쪽부터 김찬미 방송단장, 못골시장 상인회 총무, 송현경 내일
신문 기자, 나, 이보영 못골카페 사장(2019. 8. 14.), ② IFLA 멤버 등, 왼쪽부터 박
현우 前 서울대 도서관 사서, 이순란 前 삼성경제연구소 사서, 이용훈 한국도서관
협회 사무총장, 박경숙 국립중앙도서관 사서(2020. 1. 8.)

『우리 동네 씨앗 도서관』

2019. 8. 14.

멘트 안녕하세요? 한국농수산식품유통공사 농식품전문자료실 이은정입니다. 남문시장 상인 그리고 고객 여러분 우리나라에 씨앗을 대출해주는 도서관이 있다는 사실을 알고 계세요? 요즘 날이 뜨거워서 베란다에 뭘 키우면 잘 자라더라고요. 씨앗이 필요해 찾아보다가 알게 됐는데요. 신기하더라고요. 노래 한 곡 듣고 시작할게요.

음악 : '넌 언제나' / 데이브레이크

멘트 오늘 들고 온 책은요. 씨앗에 대한 아니 우리 씨앗을 지키는 사람들에 대한 이야기입니다. 바로 홍성 씨앗 도서관이 짓고 도서출판 들녘이 펴낸 『우리 동네 씨앗 도서관』입니다. 올해 3월에 나왔고요. 아주 따끈따끈합니다. 이 책에 나오는 도서관은 말 그대로 도서관이에요. 지난 회에 이어 도서관 2탄인가요. 그런데 이번에도 책을 빌려주는 도서관이 아닙니다. 농사지을 수 있는 씨앗을 빌려주는 도서관입니다. 들어보신 적 있으세요? 이 책을 펴낸 도서관은 충남 홍성에 있는 곳인데요. 펴낸 사람들 이야기 한번 들어보시죠.

(책읽기)

〈저자의 말〉 씨앗에 대한 고민이 생기고, 씨앗을 받아야겠다고 생각하게 된 지 벌써 15년이란 시간이 지났다. 살충제로 물이 든 벌건 씨앗들을 손으로 만지며 '위험하다'고 생각했다. 이런 걸 '직감'이라고 하나? 아무튼 나는 그때부터 씨앗 공부를 시작했다. 공부하다 보니 씨앗의 문제는 단지 씨앗 그 자체에서 끝나는 것이 아니라 우리나라의 농업 현실과 맞물려 있고, 공장식 축산의 문제와도 연결되어 있으며, 우리의 식탁으로 이어져 건강과도 매우 밀접한 관계를 맺는다는 사실을 알게 되었다. 그리고 무엇보다 씨앗은 이 시대를 살고 있는 우리 할머니들과 어머니들의 상징이라는 것도 깨달았다. 그래서 지켜야 한다는 것을 (……) 자각하게 되었다. '그럼 무엇부터 해야 할까'라는 질문을 계속 던지게 되었다. (……) 2014년 가을부터 씨앗을 모으고, 2015년 2월에 개관하면서 무엇보다 중요하게 생각한 점이 그 과정을 기록으로 남기면 좋겠다는 것이었다. (……) 그렇게 모으기 시작한 자료들을 2016년 가을부터 정리하기 시작해 올해 드디어 '책'의 형태로 출판하게 되었다. −4~5쪽.

멘트 2015년에 열었으니 지금 4년 정도 됐네요. 노래 한 곡 듣고 이어가겠습니다.

음악 : '우리 사이에 은하수를 만들어' / 오존, 'she is' / 클래지콰이

멘트 지금 방송은 한국농수산식품유통공사 농식품전문자료실 이은정이 진행하는 '책, 그것이 알고 싶다' 입니다. 오늘은 홍성 씨앗 도서관이 쓴 『우리 동네 씨앗 도서관』을 읽고 있어요. 처음 이 책을 봤을 땐 '씨앗을 빌려줄 도서관까지 필요할까?' 라는 생각도 들었습니다. 씨앗도서관을 왜 만들었을까요? 씨앗으로 뭐를 해야 하는 걸까요?

(책읽기)

〈사람들은 왜 더 이상 씨앗을 받지 않을까?〉 벚꽃이 필 때면 울밑에 오이랑 호박씨를 뿌린다. 처마 밑에 걸어두었던 옥수수를 내려서 심고, 어린이날이 지난 5월 중순에는 지하실 광에서 이른 참깨를 꺼내서 뿌린다. 장마가 오기 전, 마을은 분주해진다. 양파를 부지런히 들이고 나면, 좀콩(메주콩)이랑 서리태, 팥, 녹두를 꺼내서 1년 내 두고두고 먹을 콩을 넉넉히 뿌린다. 그러고 나서 가을이 되면 할머니와 엄마는 다시 씨앗을 면 보자기에 싸서 부엌 지하실 멍석 위에 가지런히 보관하셨다. 이듬해에 뿌릴 씨앗들이다. 우리 집에서만 이런 풍경을 볼 수 있었던 건 아니다. 불과 30년 전만 해도 적어도 우리 동네 여섯 가구 농가에서는 모두 그렇게 했다. (……) 하지만 지금, 사람들은 더 이상 씨앗을 받지 않는다. 수박·참외·오이는 너무나 당연하다는 듯 종묘상에 가서 사고, 메주콩마저 면사무소에서 추천해주는 대로 알이 굵고 벌레가 잘 안 먹고 꼬투리가 많이 달리는 품종으로 바꾼 지 오래다. F1 씨앗 육종이 시작되면서 씨앗 받는 일은 이제 농부의 손을 떠나 종묘회사에서 돈을 주고 구입하는 1회용 상품이 되었다. -13~14쪽.

멘트 저는 씨앗도서관이 그저 특이한 서비스를 하는 도서관이라고 생각했었어요. 그런데 농사에 꼭 필요한 씨앗 품종 유지에 관련 있었군요. F1이 뭔가 하시는 분들을 위해 설명드리면요. 쉽게 말해 잡종 1세대 농작물입니다. 왜 우리나라 거랑 다른 나라 것을 교배해서 만드는 농작물 있잖아요. 메론수박 같은 거요. 그 1세대를 F1이라고 한대요. 자, 노래 한 곡 듣겠습니다.

음악 : '방에 모기가 있어' / 십센치

멘트 지금 방송은 한국농수산식품유통공사 농식품전문자료실 이은정이 진행하는 '책, 그것이 알고 싶다' 입니다.

오늘은 홍성 씨앗 도서관이 쓴 『우리 동네 씨앗 도서관』을 읽고 있어요. 자, 이제 씨앗 도서관이 뭐 하는 곳인지 좀 읽어드릴게요. 책에서 아주 간단하게 설명하고 있습니다.

(책읽기)

〈우리 동네 씨앗 도서관을 소개합니다〉 우리 동네에서는 2015년 2월 28일에 '홍성 씨앗 도서관'이 문을 열었다. 우리가 잘 알고 있듯 일반 도서관은 주로 책을 읽거나 빌릴 수 있는 곳이다. 물론 요즈음엔 도서관에서 다양한 강연을 듣거나 공부 모임을 진행할 수 있고, 영화를 관람할 수도 있고, 전시회나 음악회를 열거나 참가할 수도 있다. 그만큼 요즈음의 도서관은 활용 스펙트럼이 넓어졌다. 무엇보다 주민들의 필요와 욕구를 잘 이해하는 주민 친화적인 다양한 프로그램을 많이 제공하고 있다. 이에 비해 씨앗 도서관에서는 '씨앗'만 다룬다. 여러 종류의 씨앗을 볼 수 있고, 씨앗에 관련된 책을 읽을 수 있다. 그리고 내가 원하는 씨앗을 빌려 갈 수도 있다. 물론 빌려 간 씨앗은 잘 뿌려서 꽃이 피고 난 후 열매를 맺으면 다시 씨앗으로 반납해야 한다. 말 그대로 책 대신 '씨앗을 빌려주고 반납하는 도서관'이 바로 씨앗 도서관이다. -20쪽.

멘트 씨앗 도서관은 씨앗을 빌려주는 곳입니다. 재미납니다. 이 씨앗 도서관 얘기 안 할 수 없죠. 2013년 전후로 우리나라 농업 현장에서 수입 농산물과 유전자 변형 농작물에 대비하기 위해 우리 토종 씨앗을 지키자는 이야기가 나왔다고 합니다. 당시에 외국에서도 비슷한 이유로 씨앗 도서관이 생겼다고 하고요. 유학파 농학자 중심으로 국내 몇 곳에 씨앗 도서관이 만들어졌다고 합니다. 지금은 전국 열 곳 정도 있어요. 많지는 않죠. 수원에도 있어요. 농진청 건너편에 기후변화체험관이 있죠. 그 건물 1층에 있습니다. 씨앗을 대출할 수 있고요. 씨앗 반납은 잘 되는지 모르겠네요. 노래 한 곡 듣겠습니다.

음악 : '한잔해' / 영기

멘트 지금 방송은 한국농수산식품유통공사 농식품전문자료실 이은정이 진행하는 '책, 그것이 알고 싶다'입니다. 오늘은 홍성 씨앗 도서관이 쓴 『우리 동네 씨앗 도서관』을 읽고 있어요. 남문시장 상인 그리고 고객 여러분은 우리 매운 음식에 빠지지 않고 들어가는 청양고추의 씨앗은 우리 것일까요? 아닐까요? 토종 씨앗에 대한 이야기가 있어 한 꼭지 읽어드리겠습니다.

(책읽기)

〈씨앗 도서관엔 '토종'만 있나요?〉 홍성 씨앗 도서관은 180~
200여 종의 씨앗으로 시작했다. 씨앗을 수집하고 분류하면서 씨
앗 도서관 내부에서 '토종'이라는 명칭 사용에 대한 논의가 있
었다. 우리의 논의는 "씨앗 도서관에서 보유하고 있는 씨앗이
모두 토종인가?"라는 문제의식에서 출발했다. 왜냐하면 수집된
씨앗이 어디서부터 유래했는지 확인하기 어려운 것도 많았기 때
문이다. 토종이 '그 땅에서 나는 본래의 종자'라는 의미로 쓰인
다면 씨앗 도서관에 있는 것들 중에는 그 의미에 적합하지 않은
씨앗도 있다는 판단을 하게 되었다. 또 다른 문제도 있었다. 가
끔 시중에서 파는 씨앗을 개별 농가에서 여러 해에 걸쳐 선발과
고정을 통해 이어가는 경우가 있는데, 이러한 방식으로 보존된
씨앗에 대해서 씨앗 도서관이 어떤 입장을 가질 것인가라는 점
이었다. 이에 대한 문제 제기는 "토종은 관리하고 보존할 필요
가 있지만 그 외 정부 보급종이나 시중에서 판매되는 개량된 씨
앗들은 그럴 필요가 없는가?" 하는 질문과도 직결된다. (……)
농부가 씨를 심을 때는 대개 다수확을 목적으로 할 것이다. 하지
만 그게 전부는 아니다. 씨앗을 심어 키우고 수확 후 다시 씨앗
을 받음으로써 생명을 이어가는 농부의 의지 또한 존중되어야
한다. 모든 생명은 어느 것 하나 존귀하지 않은 게 없으니까 말

이다. 그래서 우리는 씨앗 도서관에서 보관하고 취급하는 씨앗의 성격을 '계속해서 씨를 받아 유지할 수 있는 씨앗'으로 규정했다. −47∼48쪽.

멘트 하긴 우리나라 사람들이 좋아하는 매운 맛인 '청양고추'도 동남아시아 매운 고추랑 우리 고추를 교배해 만들었다고 해요. 하지만 정작 청양고추 씨앗 판매 권리는 미국에 있죠. IMF 이후 우리 종묘회사들이 꾸준히 외국 회사로 넘어가 버려서 지금은 우리나라에서 통용되는 종묘의 1퍼센트 정도만 우리 것이라고 하고요. 그러니 토종이라는 말이 왠지 무색하죠. 노래 한 곡 듣겠습니다.

음악 : '내 곁에서 떠나가지 말아요' / 빛과 소금, '미아' / 박정현

멘트 지금 방송은 한국농수산식품유통공사 농식품전문자료실 이은정이 진행하는 '책, 그것이 알고 싶다'입니다. 오늘은 홍성 씨앗 도서관이 쓴 『우리 동네 씨앗 도서관』을 읽고 있어요. 씨앗 도서관은 씨앗을 빌려주는 일 말고도 여러 가지 일을 한다고 하는데요. 이를테면 씨앗을 받기 위해 직접 농사도 짓고요, 무분별한 잡종 교배를 막고 지역에서 난 씨앗을 기억하기 위해 씨앗의

역사나 기록을 마련한다고 합니다. 그 이야기 좀 읽어
드릴게요.

(책읽기)

〈씨앗을 기록하자〉 언제부턴가 '농사는 공부를 못 하거나 돈이
없는 사람이 하는 일'이 되어버렸다. 그래서 어른들은 자식들을
서울로 보내고, 행여 자식 중의 누군가가 농사일을 도울라치면
"너는 들어가서 공부나 해라" 하며 호통을 치곤 하셨다. 농사가
곧 가족을 부양하는 근간이었지만 어른들은 자식에게만큼은 그
일을 물려주고 싶어 하지 않으셨다. (……) 근현대로 접어들면
서 사회 전반에 몰아닥친 산업화의 광풍은 '농자천하지대본(農
者天下之大本)'이라는 지고의 가치를 요즘 말로 하자면 '꼰대의
타령'으로 전락시켰다. 그런 마당에 농사법이나 씨앗을 받아서
쓰는 법은 언감생심일 터다. 이에 비하면 조선 후기 실학자들이
남긴 농업 관련 연구 서적들은 얼마나 귀한 것인가? 무엇보다
답답했던 것은 씨앗 받는 방법을 알아보고 싶은데 우리나라엔
자료가 거의 없는 탓에 일일이 외국 책을 찾아 번역하면서 참고
했던 일이다. (……) 시어머니에게서 며느리로, 친정어머니에게
서 딸에게로 전해 내려오던 씨앗 받는 방법이 사라지고 말 위기
에 놓여 있다는 점은 매우 안타깝다. 이런 이유로 우리는 '씨앗

마실'을 기획했다. 할머니들이 돌아가시기 전에 하루라도 빨리 씨앗 받는 방법과 씨앗의 역사를 전해 듣고 이를 기록으로 남겨야겠다고 판단했기 때문이다. −105∼106쪽.

멘트 씨앗 마실이 궁금하네요. 노래 한 곡 듣겠습니다.

음악 : '슈퍼히어로' / 이승환

멘트 지금 방송은 한국농수산식품유통공사 농식품전문자료실 이은정이 진행하는 '책, 그것이 알고 싶다' 입니다. 오늘은 홍성 씨앗 도서관이 쓴 『우리 동네 씨앗 도서관』을 읽고 있어요. 남문시장 상인 그리고 고객 여러분은 '씨앗 마실'이란 말을 들어본 적이 있으세요? 홍성 씨앗 도서관에서 씨앗을 지키고 보존하기 위해 우리 씨앗을 수집하는 일을 시작했다네요. 이름하여 씨앗 마실. 씨앗 마실은 일단 동네에 질 좋은 토종 씨앗이 있다는 집을 수소문하고 인터뷰, 동영상 촬영 등 역할을 나눈 5∼6명이 돌아다니면서, 지역 농부들이 씨앗을 얻고 심고 지켜온 이야기를 기록하는 일이라고 합니다. 신기하죠. 2013년에 시작해 벌써 6년째라는데요. 씨앗 마실로 만든 기록 중 한 꼭지 읽어드릴게요.

(책읽기)

씨앗 마실 3년째인 2016년 12월, 우리는 또 한 분의 할머니를 통해 씨앗이 지금까지 지켜질 수 있었던 배경을 알게 되었다. 홍동면 대영리 마을로 씨앗 마실을 갔을 때의 일이다. 지금은 보기 힘든 토종 콩인 '푸른콩'을 털고 계신 할머니를 만나서 어디서 얻으셨는지 여쭈었더니 옆 마을 할머니라고 하셨다. 동네 분들께 물어물어 찾아간 복채연 할머니. 80세가 넘으신 할머니는 낯선 우리들을 집 안으로 들어오라 하시곤 씨앗 얘기며, 시집오실 때 얘기, 자녀분들 얘기를 조근조근 풀어주셨다. (……) 할머니는 시집오고 난 후 친정 올케를 통해 친정아버지께서 농사짓던 '푸른콩'을 얻으셨다고 했다. 그 콩을 50년이 넘도록 지금껏 농사짓고 계신 것이다. "어떻게 이렇게 한 해도 거르지 않고 농사를 이어오셨어요?"라는 질문에 할머님은 "친정에서 얻은 씨앗을 밑지면 친정과의 연이 끊긴다라는 말을 어디서 들어서 그러지 않으려고 지금까지 지켜온 거지"라고 대답하셨다. 어쩌면 그렇게라도 해서 고향과의 연을 놓지 않고 싶으셨던 것이리라. 위안부에 끌려가지 않으려고 열여덟 살에 시집와서 낯선 땅에서 새로운 삶을 시작해야 했던, 우리 할머니들의 애환이 씨앗 한 알 한 알 속에 고스란히 담겨 있는 것이다. -119~120쪽.

멘트 여기서도 위안부 이야기가 나오네요. 씨앗의 역사가 우리 역사랑 닿아 있어요. 아시겠지만 일본은 지금까지도 종묘산업계 대국입니다. 매년 독자적인 씨종을 개발하고 있고요. 특히 우리가 매끼 먹는 시금치 같은 채소들의 권리를 많이 갖고 있다고 합니다. 요즘 한일 무역관계가 악화되면서 전자나 제조 산업에 대한 우리 수준을 다시 가늠하고 있죠. 이제는 일본을 앞선 부분이 많다고 하는데요. 그런데 유독 이 종묘산업만큼은 우리가 한참 뒤져 있습니다. 우리 식생활에 밀접한 부분이니 더 안타까운데요. 이런저런 이유로 씨앗 도서관의 씨앗 마실이 더 의미 있어 보입니다.

오늘 읽어드린 충남 홍성 씨앗 도서관의 『우리 동네 씨앗 도서관』 어떠셨습니까? 왠지 읽으면 색다른 아이디어가 샘솟을 것 같지 않으세요? 고전도 좋지만 가끔은 이런 재미난 서비스를 모아놓은 이야기도 재미있어요. 요즘 제가 방송 책을 시장에 두고 갑니다. 책을 더 읽으서도 좋겠고요. 서둔동에 있는 수원씨앗도서관을 방문해보셔도 좋겠습니다. 남문시장 상인 그리고 고객 여러분의 건강한 하루를 기원합니다. 지금까지 한국농수산식품유통공사 농식품전문자료실 이은정이었습니다. 감사합니다.

음악 : '방구석 날라리', '말하는 대로' / 유재석&이적

책읽기 출처 : 홍성 씨앗 도서관, 『우리 동네 씨앗 도서관』, 들녘, 2019에서 인용.

서울경기지역본부에 와서 일한 지 일곱 달째다. 농식품 국제 리콜 사태와 코로나바이러스감염증(COVID)-19 재난으로 사건 많은 시간을 보내고 있다. 두 달간 수출업체 지원 관련 일을 하다가 다시 시장으로 돌아왔다. 이번엔 서울 송파구에 위치한 가락시장이다.

가락시장은 수도권 농수산물의 기준가가 정해지는 중요한 도매시장이다. 이 시장에서 나는 중도매인들을 만나고 시장에서 형성되는 도매가격과 거래 상황을 조사하는 일을 한다. 농산물 경매가 주로 새벽에 있어 아침 일찍 집에서 바로 시장으로 출근하고 반나절 조사한 후 사무실로 복귀한다. 수출 지원 일이 재미없었던 건 아니지만 다시 시장으로 오니 꽤 익숙한 기분이 든다.

시장으로 돌아오고 제일 많이 변한 건 차림새다. 물이 많이 튀는 시장 바닥을 자유롭게 뛰어다니려고 인터넷 쇼핑몰에서 5천원짜리 장화를 샀고, 땡볕에 지붕이 없는 상회들을 둘러보려고 안 쓰던 밀짚모자를 꺼냈다.

차림새 덕에 시장에서 중도매업을 하시는 사장님들과 많

이 친해졌다. 요즘은 조사할 농수산물에 대한 지식을 보충하려고 사장님들께 청해 강의를 듣고 있다. 사과 한 알만도 종이 다양하고 산지에서 생산해 시장으로 유통되기까지 과정이 복잡하다. 이해관계를 따지자면 한이 없다. 사장님들께 강의를 듣다 책에 대한 이야기를 꺼냈는데 관심을 주시는 모양에 며칠 전부터 시장에 갈 때 책을 한 권씩 들고 간다. 남문시장을 나올 때 '다시 시작'을 외쳤는데 왠지 시장과 책이 나를 계속 따라다니는 것 같다. 즐겁게도.

드디어 책이 나온다는 소식을 듣고 못골시장 그리고 남문시장에서 같이 방송하던 사람들 얼굴이 떠올랐다. 건강 잘 챙기고 계신지, 재난 상황에 시장이 어려울 텐데 잘 버티고 계신지 걱정이 앞선다. 바로 달려가 보고 싶지만 책을 들고 가 인사드리려 꾹꾹 참고 있다. 조금만 기다려 주셔라.

2020년 8월

회차	방송 날짜	읽은 책
1	2016. 8. 16.	『두근두근 내 인생』 / 김애란
2	8. 24.	『아프니까 청춘이다』 / 김난도
3	10. 11.	『카라마조프가의 형제들』 / 도스토옙스키
4	10. 18.	『갈매기의 꿈』 / 리처드 바크
5	11. 8.	『식탁 위의 한국사』 / 주영하
6	11. 22.	『음식의 언어』 / 댄 주래프스키
7	12. 6.	『아주 사적인, 긴 만남』 / 마종기, 루시드 폴
8	12. 20.	『음악가의 연애』 / 임진모 외
9	2017. 2. 7.	『어쩌면 별들이 너의 슬픔을 가져갈지도 몰라』 / 김용택
10	2. 21.	『29인 드라마 작가를 말하다』 / 신주진
11	3. 14.	『우리, 고기 좀 먹어 볼까?』 / 박태균
12	3. 28.	『백억 인구 먹여 살리기』 / 로이드 에반스
13	4. 11.	『이어령의 80초 : 감동』 / 이어령
14	4. 25.	『이어령의 80초 : 지혜』 / 이어령
15	5. 9.	『미각의 제국』 / 황교익
16	5. 23.	『라멘의 사회생활』 / 히야미즈 겐로
17	6. 20.	『상소, 조선을 움직이다』 / 홍서여
18	6. 27.	『책만 읽는 바보』 / 이만수
19	7. 11.	『언어의 온도』 / 이기주
20	8. 8.	『매혹하는 식물의 뇌』 / 스테파노 만쿠소 외
21	8. 22.	『채소의 인문학』 / 정혜경
22	9. 5.	『물고기는 알고 있다』 / 조너선 밸컴
23	9. 19.	『우리가 사랑한 비린내』 / 황선도
24	10. 17.	『명견만리 : 인구, 경제, 북한, 의료』 / KBS 명견만리 제작팀

회차	방송 날짜	읽은 책
25	2018. 1. 23.	『청소년 사전』 / 조재연
26	2. 6.	『보노보노처럼 살다니 다행이야』 / 김신회
27	2. 13.	『먹는 인간』 / 헨미 요
28	2. 27.	『딸에게 주는 레시피』 / 공지영
29	3. 13.	『우리 옆집에 영국남자가 산다』 / 팀 알퍼
30	3. 27.	『낭송 열하일기』 / 박지원
31	4. 10.	『나혜석, 글 쓰는 여자의 탄생』 / 나혜석
32	4. 24.	『무지개떡 건축』 / 황두진
33	5. 15.	『쓸 만한 인간』 / 박정민
34	5. 23.	『빨간 머리 앤』 / 루시 모드 몽고메리
35	6. 12.	『왜 그렇게 쓰면 안 되나요?』 / 잭 린치
36	6. 26.	『우리는 마약을 모른다』 / 오후
37	7. 17.	『망원동 에코 하우스』 / 고금숙
38	7. 23.	SNBC 100회 특별방송
39	7. 31.	『온전히 나답게』 / 한수희
40	10. 10.	SNBC 교육 특별방송
41	11. 13.	SNBC 교육 특별방송
42	12. 18.	SNBC 교육 특별방송
43	2019. 1. 15.	『가지가지도감-DMZ』 / 사만키로미터
44	2. 13.	『그림의 맛』 / 최지영
45	3. 12.	『90년생이 온다』 / 임홍택
46	5. 21.	『그리움을 위하여』 / 박완서
47	6. 20.	『새들에 관한 짧은 철학』 / 필리프 J. 뒤부아 외
48	7. 9.	『관내분실』 / 김초엽
49	8. 14.	『우리 동네 씨앗 도서관』 / 홍성 씨앗 도서관
50	9. 24.	『여행의 이유』 / 김영하
51	11. 7.	SNBC 200회 특별방송

모니터
최원정, 김미경, 김명선,
문예진, 이채현, 이규미,
박이현, 박창선

도서관
박양하 경제인문사회연구회
송현경 내일신문
우학영 전 국회도서관
노영숙 선경도서관

못골시장
김찬미 방송국장, 오복떡집
춘우 디제이, 춘우공방
서윤서 디제이, 그린나물
이보영 못골카페

IFLA멤버
박현우 전 서울대
박경숙 국립중앙도서관
이용훈 한국도서관협회

나

남문시장
이준재 방송국장, 올포유
김종택 디제이
정지원 디제이, 패션일번가시장
상인회장
한창석 디제이, 용성통닭
박노철 디제이, 나주곰탕
김수철 디제이, 정관장
강희수 디제이, 화가, 눈꽃치킨

회사 등
김현성 전 서울시
변혜진 한국농수산식품유통공사

독립서점
마그앤그래
리지블루스
브로콜리숲